AF189202

Bisher veröffentlichte der Autor „Tango Tenebrista. Ein Schmöker zum dramatischen Helldunkel von Tango Argentino, Sex & Crime"; den Roman „Tango up & down"; „Tödliches Tangotreiben. Die wahre Geschichte der 'Freiburger Vampirmorde'"; „Neapel leben und sterben. Prosa und Posse" sowie „Böse Blicke. Kriminalkurzroman und zwei Nachkriegsgeschichten".

Timm Maximilian Hirscher

Janes Affenkind

Eine tierische Geschichte

Titelbild, Illustration und Grafik:
Simone Rosenow · art & grafikdesign

Herstellung & Verlag:
BoDTM — Books on Demand, Norderstedt
Print in Germany
ISBN: 9783746029375

Inhalt

Affenkind

1.

Tierpflegemeisterin Jane Frankenbein paarte sich im Affenhaus mit einem Männchen. Es gehörte zur Primatengruppe der Menschen, doch lag sein Intelligenzquotient nach ihrem ersten Eindruck nicht weit über dem der Schimpansen, die sie betreute. Er hieß Franz Müller, Hans Meyer oder so, doch rief sie den Aushilfe-Nachtwächter des Zoos nie mit seinem Namen. Als sie ihn bei der ersten Begegnung „Du?...Jane?" stammeln hörte, musste sie einfach „Du, Tarzan!" antworten. Bei diesem Namen blieb es. Er rammelte tüchtig, weshalb sie ihn, wenn sie Nachtdienst hatte, bei seinen Rundgängen festhielt. Danach durfte er wieder ins Freie und aufpassen, dass keine Betrunkenen über den Zoozaun stiegen, Cowboys auf Zebras zu reiten versuchten oder Tierfreunde Käfige öffneten.

Jane machte ihre Runde im Affenhaus, wo alle Untermieter schliefen. Oder zu schlafen schienen, denn immer wieder konnte sie sich des Eindrucks nicht erwehren, dass manche Schimpansen nur so taten, sozusagen mit ihr spielten. Aber vielleicht entsprang dieser Gedanke nur der so verbreiteten Mentalität von Tierforschern und Freunden großer Affen, ihren Schützlingen mehr Menschlichkeit zuzutrauen als den eigenen Artgenossen. Ob die Schimpansen nun schliefen oder einige nur so taten, es herrschte auf jeden Fall jetzt nach Mitternacht Ruhe im Affenhaus. Jane ging zurück in den Aufenthaltsraum, legte sich dort auf die Liege, dimmte das Licht herunter und widmete sich ihrer fixen Idee:

Tierpflegerin gebiert Affenbaby

Diese Schlagzeile sah sie vor sich. Eine Nachricht, die um die Welt gehen würde. Sie, Jane, würde berühmt und reich. Denn die Rechte an Fotos und Berichten hätte sie natürlich rechtzeitig exklusiv und teuer verkauft. Es war ihr natürlich klar, dass sie nicht nur berühmt wäre, sondern auch berüchtigt. Der Zoo würde sie feuern, die Staatsanwaltschaft ermitteln, zumindest wegen Verstoßes gegen einen Tierschutzparagrafen; Tierfreunde würden ihr nachstellen, Politiker neue Gesetze fordern, Kirchenleute aufheulen, Genexperten lange Artikel schreiben und die Produktpalette von Babynahrung würde flugs erweitert für neue Kreationen, speziell geschaffen für Affen-Menschen-Kinder. Würde man ihr das Baby überhaupt lassen? Müsste sie eventuell vorsichtshalber in eine Bananenrepublik auswandern?

An diesem Punkt angelangt, blendete Jane gewöhnlich die ungewisse Zukunft aus und stellte sich das Neugeborene vor. Wie sähe das zur Welt kommende Mischwesen aus? Kleiner als ein durchschnittliches Menschenbaby, größer als ein normales Schimpansenbaby? Aber was hieß da „normal"? Sicher würde ein nackter Affe geboren, denn auch normale Schimpansenbabys kommen nackt auf die Welt, von einem kräftigen Haarschopf auf dem Kopf einmal abgesehen. Aber das gab es ja auch bei Menschenkindern. Doch wie würde es dann mit der Körperbehaarung werden? Gliche es vom Knochenbau mehr Affe oder mehr Mensch? Wären die Sprechwerkzeuge menschlich genug, dass er Menschensprache produzieren könnte? Aber egal, sie würde mit dem Kleinen (in ihrer Phantasie war es immer ein Männchen, vielmehr ein Junge) im Zweifelsfall die Zeichensprache beibringen. Das klappte ja zu einem gewissen Maß schon mit reinen Schimpansen und anderen Menschenaffen.

Eine andere Frage, die sich Jane immer wieder stellte, war: Wie sollte die Schwangerschaft herbeigeführt werden? Zunächst war ihr durch den Kopf gefahren, sich die Schamhaare abzurasieren und sich Schoß und Hintern mit Henna rot zu färben. Böte sie sich so nackt Losofo, dem Alpha-Schimpansenmännchen dar, würde der sie vielleicht bespringen. Vielleicht aber auch nicht. Und selbst wenn es mit der Kopulation klappte, wäre die Chance, wirklich befruchtet zu werden, nicht sehr gering? Wenn sie nur an den kleinen dünnen Penis Losofos dachte! Allerdings schien ihr Losofo nicht gerade ein attraktiver Sexpartner. Doch es ging ja nicht um Sex, sondern um Besamung und Befruchtung. Im Übrigen zeigte der Schimpanse nach Janes Meinung durchaus „menschliche" Gefühle. Wenn sie in seine dunklen Augen sah, schien sie ein ebenbürtiges Wesen anzublicken. Als einen „dritten Schimpansen", wie ein Wissenschaftler Menschen bezeichnet hatte, fühlte sie sich zwar nicht immer, aber dass Menschen die „nächsten Verwandten" der großen Affen seien, diese verbreitete

Ansicht teilte sie natürlich.

Wenn kein Sexualakt, dann wäre natürlich auch eine Besamung mit Hilfe einer Pipette möglich, führte Jane ihr Gedankenspiel weiter. Da wäre die Chance, dass der Schimpansensamen zur Eizelle gelangen würde, auf jeden Fall größer. Schließlich gäbe es auch auch noch eine künstliche Befruchtung in der Petrischale. Aber das würde bedeuten, andere Menschen in das Vorhaben einzuweihen. Und ob die mitmachen würden?

Irgendwann kamen Jane Bedenken, dass es zu Komplikationen während der Schwangerschaft kommen könnte. Sie hatte im Internet recherchiert und Fachbücher studiert. Abgesehen davon, dass viele Experten der Meinung waren, dass es aus genetischen Gründen gar nicht klappen könne, auch wenn Mensch und Schimpanse in 98,4 Prozent der Gene übereinstimmten. Aber was so erdrückend klar erschien, war es offenbar in Wahrheit gar nicht. Und vielleicht würde sie selbst, Jane, Opfer des Experiments. Zu gewissen Zeiten sah sie nur eine Vielzahl möglicher Komplikationen. Doch die Idee, der Welt das noch fehlende Zwischenglied zwischen Mensch und Affe, Affe und Mensch zu schenken, verblasste nicht. Sie, Jane, würde der Wissenschaft das „missing link" präsentieren. Dann überwogen wieder Ängste, Skrupel, Alpträume.

2.

In einer schlaflosen Nacht, als Jane zu Hause in ihrem Bett zu keiner Antwort auf ihre Fragen kam, schaltete sie den Fernseher an, um sich abzulenken. Sie zappte herum und blieb bei einem alten Tarzan-Film hängen. Müde schaute sie dem äffischen Filmtreiben zu. Irgendwann stieg in ihr die Frage hoch, warum denn in den Filmen und ihrer Erinnerung nach auch im Roman „Tarzan bei den Affen", den sie als Teenager gelesen hatte, die Zeit von Jung-Tarzan ausgeblendet wird. Der pubertierende Tarzan! Der lebte doch sicherlich nicht zölibatär, wenn seine Affenfreunde die heißen Affenweibchen besprangen. Der sprang doch auch – war anzunehmen. Jane wunderte sich, dass noch kein Pornoproduzent in Hollywood oder Berlin auf die Idee gekommen war, dieses Sujet zu verfilmen.

Und dann dachte sie an ihren Tarzan. Andersherum war die Sache wesentlich einfacher. Zwar würde ihre Person als Affenmutter nicht so extrem im Mittelpunkt stehen, aber genügend Aufsehen würde das auch machen. Tarzan sollte der Vater eines Affenkindes werden! Jane war nicht so naiv zu glauben, dass er da so einfach mitmachen würde. Auch hatte sie festgestellt, dass er nicht so einfältig war, wie sie Franz Meyer, so hieß er nämlich, anfangs eingeschätzt hatte. Ihr Tarzan war einfach ein überaus schüchterner junger Mann, aber offenbar hoch intelligent. Er studierte Medizin und nebenher noch Biologie und Philosophie. Als Nachtwächter jobbte er, um sein Studium zu finanzieren.

Ja, Tarzan, sie blieb bei diesem Spitznamen, war voll in Ordnung und erwies sich als sehr anhänglich. Offenbar hatte er sich in sie verliebt. Sie verwöhnten sich gegenseitig. Würde er bei dem Experiment mitmachen? Würde er es für sie machen?

Lange überlegte Jane sich, ob sie die Sache mit ihm offen ausdiskutieren sollte. Doch würde er wirklich für sie eine Schimpansin vögeln? Da hatte sie ihre Zweifel. Würde er seinen Samen spenden für eine künstliche Befruchtung? Da hätte sie sicher unzählige Einwände. Es gab ja genügend, ethische etwa. Irgendwann kam sie zu der Überzeugung, dass sie ihn vor vollendete Tatsachen stellen müsste. Zugegeben, es war nicht rücksichtsvoll von ihr, ihn nicht in ihren Plan einzuweihen. Sie mochte ihn ja. Sie würde sich dann auch gebührend entschuldigen und versuchen, ihre Schuld auf irgendeine Weise abzutragen. Doch ihre Idee beherrschte sie. Ihr Tarzan würde, wenn er sie wirklich liebte, wie er beteuerte, zwar anfangs böse mit ihr sein, aber dann einlenken. Er war ein Mann. Er würde nicht mit ihr brechen. Er war Mediziner und Biologe und Philosoph. Genug Ansatzpunkte zu einem hochinteressanten Experiment, zu dem Tarzan dann uferlose philosophische Ausflüge machen könnte.

Jane fiel ein Stein vom Herzen, als sie zu diesem Entschluss gekommen war. Nachdem sie ihre Zweifel begraben hatte, ging es jetzt um technische Probleme. Schimpansin Clara stand ihren Berechnungen zufolge in einigen Monaten nach Entwöhnung ihres Jüngsten davor, wieder in Hitze zu geraten. Jane würde Urlaub nehmen und sie, wie in der Vergangenheit gelegentlich geschehen, vorübergehend zu sich nach Hause nehmen. Die Begründung war immer gewesen, dass die verringerte Pflegemannschaft im Affenhaus weniger belastet würde, und sie, Jane, ihre Versuche, Clara die Zeichensprache näher zu bringen, intensiv weiter führen konnte.

3.

Ein halbes Jahr später war es dann so weit. Als der Geschlechtsteil Claras rot anzuschwellen begann und sie ihren Hintern den Schimpansenmännchen einladend hätte hinhalten können, nahm Jane ihren Urlaub – und Clara mit nach Hause. Tarzan ging dort seit Monaten ein und aus, allerdings hatte Jane sich noch nicht entschließen können, mit ihm dort zusammenzuleben. Sie hatte die Erfüllung seines Wunsches, bei ihr zu wohnen, kokett verweigert, hatte ihn geneckt, er wolle das doch nur, um aus seinem möblierten Minizimmer herauszukommen, das noch nicht einmal richtige Fenster hatte, nur ein Oberlicht. Wenn es dann so weit war mit Clara, würde sie Tarzan über seine Vaterschaft informieren – und seinen verständlichen Zorn durch die Bereitschaft besänftigen, dass er bei ihr einziehen könne.

Nachdem die Schimpansin den als Kinderzimmer gedachten Raum der Dreizimmerwohnung bezogen hatte, lud Jane ihren Tarzan zum Abendessen ein. Ein Abendessen zu dritt. Tarzan, so stellte es sich Clara vor, wäre begeistert von der Aussicht, in den nächsten zwei Wochen Studien an der Äffin zu betreiben und seiner Jane den Kopf zu Recht zu rücken, wie er es nannte. Denn im Gegensatz zu ihr hielt er sich selbst nicht für einen „dritten Schimpansen", also den menschlichen Zweig der Menschenaffen. Vielmehr sprach er immer vom äffischen Zweig der Menschen.

„Tarzan, du willst doch nicht wirklich Darwins Evolutionstheorie in Frage stellen?", fragte Jane. „Das ist doch längst alles bewiesen."

„Beweisen könnte es nur Clara hier", meinte Franz und schaute auffordernd die Schimpansin an. Doch die reagierte nicht und beschäftigte sich weiter intensiv mit dem Obst auf ihrem Teller, neben ihrem Teller, auf ihrer Windel, auf ihrem Stuhl und darunter.

„Das müsstest du Clara schon in Zeichensprache sagen, Tarzan!"

„Oh, ich gebe ihr schon ständig Zeichen. Ich nicke ihr aufmunternd und fragend zu, aber Apfel und Banane scheinen sie mehr zu interessieren als meine Neugier."

„Ich habe nie behauptet, dass Clara alles versteht. Sie muss noch viel lernen. Aber sie empfindet wie wir, sie fühlt wie wir..."

„Vielleicht wie du, Jane!"

„Tarzan, bilde dir nicht zu viel ein! Schimpansen sind doch unsere nächsten Verwandten."

„Ich würde sagen: Sie sind biologische Nachbarn. Die Verwandtschaft, wenn du unbedingt das hier unsinnige Wort benutzen willst, soll nach Angaben der Evolutionswissenschaftler fünf Millionen Jahre zurückliegen. Damals trennten sich die Wege. Die Vorfahren der Schimpansen kletterten weiter auf Bäume, die Vorfahren der Menschen machten sich daran, Menschen zu werden."

„Aber wie du ja wohl weißt, stimmen über 98 Prozent unserer Gene mit denen der Schimpansen überein."

„Ja, darauf pochen die immer wieder. Ich meine die menschlichen Wissenschaftler. Wenn es die großen Affen täten, wenn die Affen darauf hinweisen würden, dass bei Menschen zum Beispiel 80 Prozent der Gene mit Mäusen übereinstimmen, dann wäre es überlegenswert. Aber der kleine Unterschied macht den großen Unterschied aus: Bei uns Menschen sind nach fünf Millionen Jahren Sinfonien und Marssonden herausgekommen. Die Affen sind noch immer Affen."

„Und doch benutzen sie Werkzeuge", triumphierte Jane.

„Du meinst, sie benutzten manchmal Hilfsmittel - wie auch andere Tierarten."

„Tarzan, musst du mich immer korrigieren?"

„Das ist der Philosoph in mir."

„Nun, jemand schrieb mal, dass Schimpansen nur clever seien, Gorillas aber weise,."

„Solange sie nicht das Maul aufmachen, können sie als weise durchgehen. Das allerdings haben sie mit vielen Menschen gemeinsam."

„Ach, Tarzan, du willst mich einfach nicht verstehen! Schau Clara einfach einmal tief in die Augen, dann spürst du die personenhafte Seelenverwandtschaft!"

„Jane, du bist einfach sentimental! Clara ist ein wunderbares Geschöpf, und sie hat sicher gegenüber ihren Artgenossen ihre eigene charakteristische Individualität, aber sie ist keine Person."

„Das zu behaupten ist einfach menschliche Anmaßung!

Als seien wir nackten Affen etwas Besseres."

„Wir sind auf jeden Fall etwas Anderes. Und ich, für meinen Teil, halte mich auch für etwas Besseres als einen Affen. Zumindest solange ich noch kein Gedicht von einem von ihm höre oder eine Doktorarbeit von ihm über seine nahe Verwandtschaft mit Menschen in den Händen halte.

Jane war klar, dass sie noch stundenlang hätten diskutieren können, ohne zu einer Übereinstimmung zu kommen. Sie war keine Philosophin. Ihr war bewusst, dass sie ihren Tarzan nie würde überzeugen können. Ihr fehlte einfach das Vokabular. Sie konnte nicht mit Begriffen jonglieren wie ihr Philosoph. Er hatte nur komplizierte Worte, sie aber hatte durch jahrelanges Beschäftigen mit Schimpansen, durch genaues Hinsehen Neues entdeckt, was ihre Erkenntnisse erweiterte. Tarzan hatte nur neue Bücher von Intellektuellen gelesen. Da hatten moderne Philosophen nur neue Inhalte in alte Begriffe gesteckt oder neue Begriffe für alte Inhalte erfunden. Jane musste ihn einfach vor vollendete Tatsachen stellen und hoffen, dass er sie weiter in die Arme nehmen werde.

„Noch ein Glas Wein?", fragte sie ihn. Im weiteren Verlauf des Abendessens neckten sich die drei, wie Jane meinte. Sie gab Clara die mit einer Schlaftablette präparierte Kiwi. Die beiden Menschenkinder leerten gemeinsam die Weinflasche. Dann brachte Jane die müde gewordene Schimpansin zu Bett. Als Jane ins Wohnzimmer zurückkam, war der Tisch abgeräumt und Tarzan verschwunden. Sie fand ihn halb ausgezogen und müde auf ihrem Bett im Schlafzimmer.

„He he, Tarzan. Du wirst mir doch nicht gleich einschlafen!"

„Ich habe seit 24 Stunden kein Auge zugetan: erst die Nachtwache, dann die Uni."

„Mein Armer, lass mich dich ausziehen – und ein wenig verwöhnen", flüsterte sie.

Später spuckte sie seinen Samen in das unter dem Bett stehende präparierte sterilisierte Glas. Tarzan war eingeschlafen. Jane stand auf, nahm das Glas und trat in das Kinderzimmer, wo Clara träumend oder nicht träumend im Affenschlaf lag. Tief atmete Jane durch. Sie öffnete die Windel der Schimpansin, griff zu einer Pipette, füllte sie mit dem Inhalt des Glases und besamte Clara. Dann schloss sie wieder die Windel, dimmte das Licht herunter, säuberte in der Küche Glas und Pipette, ging zurück ins Schlafzimmer und legte sich wieder zu dem leise schnarchenden Tarzan.

„Entschuldige!", flüsterte sie. „Ich komme mir wirklich gemein vor. Es ist ja auch gemein von mir, dich so auszunutzen. Verzeih mir bitte! Du hast viel gut bei mir. Aber ich musste es einfach tun."

4.

Während Tarzan in den folgenden Wochen und Monaten weiter seinen Hochschulstudien, dem Nachtwächterjob und Liebesspielen nachging, rasten in Janes Hirn die Moleküle. Sie musste sich zusammenreißen, ihre Arbeit als Tierpflegerin halbwegs ordentlich zu tun, denn sie konnte nur noch an eines denken, als sich herausstellte, dass Clara wirklich trächtig war. Schwanger war, dachte Jane. Die Befruchtung war so unwahrscheinlich gewesen wie ein Gewinn des Jackpots. Wie würde das Experiment weitergehen? Würde die Leibesfrucht ohne Komplikationen heranwachsen? Würde das Baby gesund geboren werden? Und als was? Als Affe? Mensch? Affenmensch? Menschenaffe? Vielleicht würde dieses hybride Wesen dem bisher von den Forschern noch nicht gefundenen fehlenden Zwischenglied zwischen Tier und Mensch ähneln. Was für eine spannende Sache. Und sie, Jane, würde die Ziehmutter sein. Vermutlich würde sie ihren Job im Zoo verlieren. So naiv war sie nicht zu glauben, dass man über ihr eigenmächtige Vorgehen und wohl ungesetzliches Verhalten einfach hinwegsehen würde. Nein, das sicher nicht. Aber mit den ganzen Medien-Exklusivverträgen hätte sie finanziell ausgesorgt. Vermutlich würde es auch hohe Anwaltskosten geben, denn der Zoo oder irgendeine Behörde würde sicher versuchen, ihr das Kind wegzunehmen.

Zoodirektor Dr. Norbert Hofmeister zeigte sich erfreut darüber, dass Losofo erneut für weiteren Nachwuchs im Schimpansenkral gesorgt hatte. Er legte Jane die trächtige Clara besonders ans Herz. Jane bangte Tag für Tag um den heranwachsenden Fötus. Es konnte ja noch so viel schiefgehen. Und Tag für Tag schob Jane es hinaus, Tarzan über seine Vaterschaft zu informieren. Wie leicht konnte es zu Komplikationen kommen, zu einem Schwangerschaftsabbruch. Dann hätte sie umsonst die Gäule scheu gemacht, rechtfertigte sie sich vor sich selbst.

Tarzan spürte, dass etwas mit Jane nicht stimmte. Aber sie wich seinen Fragen aus, wiegelte ab. Er bilde sich das nur ein, alles sei in Ordnung. Und wenn sie nicht mehr weiter wusste, machte sie den Nachfragen ein Ende, indem sie ihren Tarzan verführte oder sanft vergewaltigte.

Derweilen wuchs es in Claras Leib. Der Zoodirektor lobte immer wieder Jane für ihren Zuchterfolg. Diese betreute die Schimpansin als wäre sie ihre schwangere Tochter. Im Grunde konnte das Verhältnis zu Clara nicht enger sein, als wäre die Äffin ihr leibliches Kind. Claras Bauch schwoll weiter an, außergewöhnlich groß schien es darin zu wachsen. Je näher der mögliche Tag der Geburt heranrückte, um so besorgter wurde Jane. Tarzan war ein Athlet, Clara ihm gegenüber eine Liliputanerin. Konnte das größenmäßig gut gehen? Jane fand mit ihren Zweifeln und Sorgen kaum noch Schlaf. Selbst nach ausgiebigem Sex mit Tarzan wälzte sie sich stundenlang unruhig im Bett.

Irgendwann wurde es ihm zu viel. Tarzan ließ sich durch ihre Ausreden nicht mehr abwimmeln, verweigerte sich ihr und stellte ihr ein Ultimatum: Wenn sie keine befriedigende Antwort gäbe, suche er sich einen anderen Nebenjob und ein anderes Bett. Da gestand Jane ihm, was sie mit ihm und Clara angestellt hatte.

Tarzan schlug ihr mit der flachen Hand ins Gesicht, dass sie zu Boden taumelte und aus der Nase zu bluten begann. Er stampfte im Zimmer hin und her. Als er ihr endlich einen Blick würdigte und ihr Nasenbluten wahrnahm, zog er aus der Hosentasche eine Packung Papiertaschentücher, reichte ihr die wortlos und setzte sich auf einen Stuhl. Sie brach die Stille nicht. Alles verlief ja gut! Jane hatte befürchtet, dass Tarzan sich wortlos umdrehen und aus ihrem Leben verschwinden würde. Sie hatte ihn ja als Mittel zum Zweck missbraucht. Ihre Strafe hatte sie verdient. Jetzt waren sie gewissermaßen quitt: Sie hatte ihn missbraucht, er hatte sie misshandelt. Entscheidend aber war, dass er sich nicht abgewandt hatte, sondern ihr trotz seiner Empörung nahe getreten war. Zwar schmerzhaft, aber das war zu verschmerzen.

Später im Bett, nachdem er ihr tierisch (eigentlich ein unsinniger Wortgebrauch) zugesetzt hatte, beruhigte er sich langsam, fand zu Fragen, die sie geduldig zu beantworten suchte. Aber er war mit ihren Erklärungen nicht zufrieden.

„Ich hätte bei dieser Verrücktheit nie mitgemacht."

„Ich weiß, Tarzan, ich weiß. Deshalb blieb mir ja nichts Anderes zu tun übrig, als dich...als dich.."

„Als mich zu missbrauchen."

„Ja, ich bekenne mich schuldig, und du hast mich zu Recht bestraft."

„Ah, und du meinst, damit sei die Sache erledigt?"

Nein, das dachte sie nicht, und sie schenkte ihm zur Ablenkung viel Zärtlichkeit und schluckte diesmal seinen Samen brav hinunter.

Später fragte er sie, wie sie sich denn das ganze vorstelle, wenn Clara wirklich ein, er suchte nach Worten, ein Lebewesen gebären würde. Da wusste Jane, dass sie gewonnen hatte, dass er ihr helfen würde. Und sie beteuerte, wie sie ihn brauche, wie sie ohne ihn aufgeschmissen sei. Er müsse zu ihr ziehen, bei ihr sein, denn das Kleine, wenn es denn einmal da wäre bräuchte

- Jane unterdrückte das Wort „Vater", das ihr schon auf der Zunge gelegen hatte -, bräuchte Hilfe. Und was für ein tolles Experiment es würde, was für tolle Studien er machen könne. Würde es ein dritter Schimpanse oder ein dritter Mensch werden? Worauf Tarzan zu philosophieren begann. Jane schmiegte sich an ihn und schlummerte ein.

5.

Während Claras Bauch schwoll, nahm Tarzans Zorn ab. Er hatte sich einige Tage nach Janes Eröffnung in ihrer Wohnung eingenistet. In den Schwangerschaftsmonaten der Schimpansin durchflog Tarzan einige der bei Jane sich stapelnden Fachbücher und populäre Bände über Menschenaffen. Dabei brach der sonst so gesetzte Tarzan immer wieder in wieherndes Lachen aus. Wenn Jane dann fragte, was er so lustig finde, las er laut vor. Etwa einen Satz wie: „Anders als bei den anderen Menschenaffen gibt es bei uns" - mit uns sei der Autor und seine Mitmenschen gemeint, fügte Tarzan erklärend hinzu -, „gibt es bei uns noch eine lebhafte Diskussion über das Für und Wider des Stillens nach Verlangen oder nach einem festgelegten Zeitplan."
Er brach erneut in Lachen aus und meinte:
„Das könnte kein Satiriker übertrumpfen!"
Als Jane noch immer nicht mit lachte und ihn ernst und fragend anschaute, fiel er japsend von der Couch. Da schaute sie ihn böse an, denn sie merkte, dass Tarzan jetzt sie auslachte.

„Vergiss es einfach!", sagte er mit einer abwinkenden Handbewegung. Denn immer wieder endete die einschlägige Diskussion zwischen den beiden, dass Jane sagte:

„Aber Schimpansen sind doch so menschlich."

Worauf er mit erhobenem Zeigefinger erwiderte:

„Nein, wir Menschen benehmen uns zuweilen nur so äffisch."

Was immer in Claras Bauch wuchs, ob Affe oder Mensch oder ein Mischwesen, es wuchs und wuchs. Die Schimpansin bewegte sich nur noch langsam. Im achten Monat schien sie aus allen Nähten zu platzen, wie ein Besucher bemerkte. Ein paar Wochen zuvor hatte man eine Ultraschalluntersuchung vorgenommen und festgestellt, dass Clara Zwillinge in sich trug, was bei Schimpansen selten vorkommt. Jane, ihr Team und der Zoodirektor beratschlagten, was zu tun sei, wenn es zu Komplikationen kommen sollte. Letztlich konnte man nur abwarten und hoffen, dass die Geburt gut gehe. Jane verbrachte jetzt die Nächte im Zoo, um allzeit bereit zu sein. Hatte Tarzan Nachtdienst, schaute er im Affenhaus bei ihr vorbei – und die Kopulationsdauer näherte sich den äffischen Kurzkoituszeiten an.

So war es auch keine große Störung, als in einer Nacht Clara zu brüllen anfing. Jane mit Tarzan im Schlepptau stürzte zu ihr. Offensichtlich hatten die Wehen angefangen, doch verliefen sie nicht so rasch und reibungslos, wie das bei Affen zumeist der Fall ist. Clara wand sich krampfhaft und brach in den Armen Janes zusammen.

„Sie stirbt, sie stirbt! Tu was! Du studierst doch Medizin!"

Tarzan untersuchte kurz die Schimpansin, stellte ihren Tod fest, atmete tief durch, zog sein Taschenmesser aus der Hosentasche und nahm einen Kaiserschnitt vor. Vorsichtig zog er die beiden Kreaturen aus dem Bauch Claras.

„Ein Weibchen und ein Männchen", stellte er sachlich fest.

„Ein Mädchen und ein Junge", berichtigte Jane unter Tränen. „Sie müssen in die Klinik, wir müssen sie retten!"

Die Klinik war eine Option, die man in den vergangenen Wochen erörtert hatte, sollte es zu Komplikationen kommen. Das städtische Krankenhaus war vorgewarnt, hatte sich zur Frage einer eventuellen Aufnahme eines äffischen Neugeborenen aber nicht eindeutig erklärt.

„Los, Tarzan, die Kleinen in warme Decken hier, dann zu meinem Wagen! Du fährst!"

Sie rannten los. Während der Fahrt alarmierte Jane über Handy erst die Klinik, dann den Zoodirektor. Als sie eine Viertelstunde später im Krankenhaus eintrafen, erwartete man sie dort schon und übernahm die Neugeborenen. Jane und Tarzan setzten sich erschöpft auf eine Bank, nachdem die beiden sich in der Toilette erst einmal Blutspuren aus dem Gesicht und von den Händen gewaschen hatten. Da saßen sie dann im Gang der Entbindungsabteilung und warteten. Und irgendwann sahen sie sich fragend an. Beide hatten in der Dramatik des Geschehens nicht konzentriert darauf geachtet, was da genau aus dem Affenbauch herausgezogen worden war. Endlich erschien die Nachtärztin.

„Das Weibchen ist leider tot. Wir konnten es nicht mehr retten. Das Männchen lebt. Ob es überlebt, wird sich zeigen müssen. Es liegt im Brutkasten."

Die Ärztin zögerte eine Weile, biss sich auf die Lippen. Dann fuhr sie fort:

„Ich kenne mich mit neugeborenen Schimpansen natürlich nicht aus. Das ist mein erster Fall. Sonst habe ich es ja mit Menschenkindern zu tun. Aber...aber...irgendwie sieht unser Baby seltsam aus."

6.

Das Neugeborene verursachte Aufsehen. Als die Ärztin Jane und Tarzan zu dem Brutkasten führte, standen da eine Hebamme und zwei Nachtschwestern und beugten sich darüber.

„Ich dachte, Affen seien behaart. Aber das da ist rosig nackt", sagte eine der Schwestern.

Im Herangehen schon klärte Jane auf, dass auch Schimpansen nackt geboren würden, bis auf einen Haarschopf. Dann würden die Kleinen nachdunkeln und Körperhaare wüchsen. Sie und Tarzan standen nun vor Claras Affenkind. Oder war es nicht vielmehr Janes Affenkind? Oder gar Tarzans?

Auf jeden Fall war es kein Menschenkind, das da lag. Für Tarzan schien es eindeutig ein Affe zu sein. Jane wies das Klinikpersonal auf die betonten Augenwülse hin, die niedrige Stirn, die tiefliegenden Augen, die großen Nasenlöcher, den vorgestülpten Kiefer, das fliehende Kinn, die großen Ohren, die langen Arme, die vergleichsweise kurzen Beine mit den fast fingerartigen Fußzehen.

Und doch erschien Tarzan Janes Stimme unsicher zu sein.

„Schauen Sie da: die lange Mittelhand- und Mittelfuß-flächen!", fuhr sie fort.

Während die Amme und die Krankenschwestern befriedigt weggingen, schaute die Ärztin skeptisch drein. Jane nahm es wahr.

„Na ja, ist wohl eine halbe Missgeburt. Für einen Schimpansen ist er doch etwas missgestaltet. Die äffischen Merkmale sind nicht ganz so eindeutig wie gewöhnlich, bei diesem Exemplar nicht so exemplarisch ausgeprägt wie sonst. Aber, wie wir wissen, macht die Natur eben manchmal Sprünge."

„Und wie wird das bei Mama und Papa ankommen?", fragte die Ärztin lachend.

Jane und Tarzan schienen in das Lachen einzustimmen, doch aus dem Herzen kam es nur bei der Ärztin.

„Leider ist die Affenmutter Clara bei der Geburt gestorben. Herr Meyer hier musste mit einem Kaiserschnitt eingreifen. Er ist Medizinstudent, steht kurz vor dem Staatsexamen. Er jobbt im Zoo als Nachtwächter", erklärte Jane. „Wenn unser… unser Baby aus dem Brutkasten entlassen werden kann, werde ich es zu Hause bei mir aufzieh…aufpäppeln. Das habe ich schon mit anderen verwaisten Schimpansenbabys gemacht."

„Ich hoffe, dass es überlebt", meinte die Ärztin. „Haben Sie schon einen Namen für das Neugeborene?"

„Nein, das muss ich, das müssen mein Team und der

Zoodirektor noch klären."

„Schimpanse, schreiben sie einfach Schimpanse auf das Schild", schlug der bislang stumme Tarzan vor.

7.

„Ich muss kotzen", stammelte Tarzan

Sie wollten gerade vom Krankenhaus losfahren. Glücklicherweise hatte er die Wagentür noch nicht geschlossen, so dass er sich nach draußen auf den Parkplatz erbrechen konnte.

„Es ist zum Kotzen", brummte er, fuhr sich mit dem Ärmel über den Mund und schloss die Tür.

„Fahr los, Jane!"

„Nein, es ist ein wunderbares Baby, Tarzan. Hast du nicht gesehen, dass es nur ein halber Affe ist?"

„Lass den Unsinn! Die Krankenschwestern konntest du vielleicht überzeugen, dass es ein normaler Affe ist. Aber kaum die Ärztin. Das ist ein ziemlich missratenes Vieh. Eines ist es auf alle Fälle nicht: ein halber Mensch. Fahr endlich los. Der Zoo war die ganze Zeit ohne Nachtaufsicht."

Jane fuhr los und schüttelte unentwegt den Kopf über ihren sturen Tarzan.

„Der Ärztin bleibt nichts Anderes übrig, als meine Erklärung zu schlucken. Die hat doch keine Ahnung von Schimpansen. Schwieriger wird es mit Dr. Hofmeister und Fachleuten. Aber, Tarzan, du musst zugeben: Das mit der ‚Missgeburt' war ein Genieblitz. Es gibt immer mal Missbildungen in der Natur. Vielleicht wurde ja so vor Millionen Jahren der Keim zum Menschen gebildet. Dann war es keine Miss-Bildung, sondern eine wunderbare Weiter-Bildung."

„Jane, hör auf mit dem Schwachsinn! Ich habe genug Schimpansenbabys gesehen. Das da ist ein wirklich missratenes Früchtchen. Da brauchst du gar nicht das Zauberwort Mutation aus dem Zylinder zaubern. Fehlen nur noch Aliens als Auslöser", sagte Tarzan, schwieg einen Augenblick und ergänzte: „Wenn überhaupt, dann war ich der Alien. Was ich aber wirklich nicht glaube. Aber für mich ist dieses Wesen nur ein scheußlicher Affe. Ich könnte mir denken, dass eure Schimpansenfamilie mit dem gar nichts zu tun haben will."

Direktor Hofmeister erwartete sie an diesem frühen Morgen im Zoo. Jane hatte ihn über Handy über den Stand der Dinge informiert. Jetzt zeigte sie ihm auf ihrem iPot Fotos des Neugeborenen.

„Himmel, Jane, was ist das?"

„Offensichtlich eine Missgeburt."

„Wird der Kleine durchkommen?"

„Keine Ahnung. Die Ärztin äußerte sich skeptisch. Aber sie ist ja nicht gerade eine Schimpansenexpertin."

„Das soll ein Schimpanse sein? Die arme Clara. Dafür musste sie nun ihr Leben geben."

„Ja, aber ohne Tarzans Eingreifen hätte sicher nicht eines der Zwillinge überlebt. Sein Kaiserschnitt rettete den Jungen."

„Na, Tarzan, entschuldigen Sie: Herr Meyer, dann müssen wir Ihnen zum Dank wohl das Neugeborene namentlich widmen. Wie wäre es mit Cheetah?"

Tarzan heuchelte eine kleine Lache, doch wehrte Jane ab:

„Nein, nein, er soll einen vernünftigen Namen bekommen, sonst sprechen die Besucher nur noch von Tarzan-Filmen."

„Sie haben Recht, Jane. Es war ein dummer Scherz. Aber im Ernst: Sollten wir diese Missgeburt nicht einfach verenden lassen? Wäre das nicht das...".

Der Zoodirektor unterbrach sich selbst, denn ihm hatte das Wort „Humanste" auf der Zunge gelegen, was aber seiner Meinung nach ein Fehlgriff gewesen wäre. Doch schon hatte Jane, die zusammengezuckt war, das Wort ergriffen.

„Wenn das herauskäme, würden sie eine Diskussionslawine mit Behindertenverbänden und Tierschützern lostreten. Wollen Sie das? Wir haben doch genug Probleme mit Naturfreunden, die am liebsten alle Zoos auflösen würden. Nein, wir sollten zunächst die Öffentlichkeit auf den tragischen Tod Claras und die Zwillingsschwester des Kleinen lenken. Ob der Kleine überlebt, ist ja noch völlig offen."

„Jane, Sie haben Recht. Ich werde nachher gleich eine Pressemitteilung formulieren: Tragischer Tod von Schimpansin Clara."

„Tragisch?", meldete sich Tarzan zu Wort, „tragisch? Wir sind doch in keiner griechischen Tragödie! Wie wäre es mit einer Nummer kleiner, etwa mit 'traurig'?"

„Herr Meyer, sie haben ja Recht: Traurig geht natürlich auch. Letztlich geht es ja doch um Affen. Dazu gibt es dann ein Foto Claras, vielleicht ja eines, mit einem ihrer früheren Jungen an der Brust. Mit einem Foto des

Neugeborenen warten wir lieber einmal. Wenn es stirbt, hat sich die Sache von allein erledigt. Überlebt es, nun, vielleicht wächst es ja doch zu einem halbwegs ansehnlichen Schimpansen heran. Wie oft sind neugeborene Babys so hässlich und verschrumpelt."

„Menschenbabys, Menschenbabys", murmelte Tarzan.

„Also, so hässlich ist unser Kleiner doch wirklich nicht. Etwas ungewöhnlich...", warf Jane ein.

„Jane, darüber brauchen wir jetzt nicht zu diskutieren. Ob ungewohnt oder doch etwas gewohnter, auf jeden Fall braucht der Schimpanse einen Namen. Wie wäre es mit Horst", sagte der Zoodirektor, grinste und ging in sein Büro.

„Warum gerade Horst?", protestierte Jane. „Das passt doch gar nicht."

„Warum nicht Horst?", gab Tarzan zurück. „Ich nehme an, ein ekelhafter Onkel, ein unsympathischer Vetter oder ein missgünstiger Kollege des Direktors heißt Horst."

8.

Der „tragische Tod" der Schimpansin Clara (die meisten Medien formulierten die Pressemitteilung des Zoos um) und der Zwillingsschwester von Horst (wie der neugeborene Affe inzwischen hieß) war für einen Tag eine Topmeldung in der Lokalpresse. Als die Sache schon vergessen schien, veröffentlichte eine Straßenzeitung ein Foto des im Brutkasten liegenden Schimpansen mit der Schlagzeile

Was ist das für ein Affe?

Zoodirektor Hofmeister lud mit Jane an seiner Seite zu einer Pressekonferenz ein, auf der offizielle Fotos des Schimpansen Horst präsentiert wurden. Er werde noch auf unbestimmte Zeit im Brutkasten liegen, doch bestünden inzwischen gute Aussichten, dass der Kleine überlebe. Jane berichtete, dass sie täglich im Krankenhaus sei und Horst füttere und streichle. Der reagiere schon lieb und werde sicher bald von ihr nach Hause genommen werden können, wo sie sich in den folgenden Monaten dann intensiv um seine Erzieh..., sie meine um seine Aufzucht kümmern werde.

Hofmeister bestätigte auf Nachfragen, dass Horst einige Deformationen aufweise. Auch im Tierreich gebe es immer wieder Mutationen. Als ein Journalist darauf hin das Stichwort „Darwin" nannte, griff der Zoodirektor dankbar zu und lenkte die Diskussion in Richtung Evolutionstheorie.

Es kam zu vereinzelten Leserbriefen in der Lokalpresse, die hinterfragten, ob es angebracht sei, eine Affen-Missgeburt in einem städtischen Krankenhaus zu versorgen. Tierfreunde reagierten mit Empörung auf diese Meinungsäußerung. Interessierte Kollegen des Zoodirektors ließen sich Fotos schicken und fragten nach Röntgenbildern des Affen. Doch dazu war es wirklich zu früh. Das tote Zwillingsweibchen war durch ein Versehen Raubtieren des Zoos zum Fressen vorgeworfen worden, so dass eine Röntgenaufnahme des Zwillingskörpers nicht gemacht werden konnte. Auch bestand so nicht mehr die Chance zu einer sicherlich interessanten Autopsie. Allerdings kam niemand auf die Idee, bei Horst könnte es sich um ein hybrides Wesen aus Affe und Mensch handeln. Davon war nur Jane überzeugt, auch wenn sie gelegentlich Zweifel bekam, wenn sie das fremde Wesen im Brutkasten betrachtete Doch schwieg sie sich dazu aus.

9.

Jane verbrachte die nächsten Tage viele Stunden bei bei ihrem Frühchen in der Klinik. Allerdings war es nicht sehr sehr früh gekommen oder vielmehr zur Welt gebracht worden, wie sich bald herausstellte. Ihr Horst erhielt ungezählte Streicheleinheiten und Liebkosungen, durfte an ihrer nackten Brust liegen, auch wenn sie zu ihrem Leidwesen ihm Milch aus der Flasche geben musste. Sie sang dem Affen beim Kanguruing vor und berichtete jeden Tag stolz ihrem Tarzan, dass Horst schon so verständig reagiere, viel aktiver als die anderen Babys dort.

Der Schimpanse machte auf der Geburtsstation Furore, denn zum ersten Mal in der Geschichte des Krankenhauses lag da ein so sonderbares Baby. Da er nun einmal Affe war, regte sich niemand im Krankenhaus über das seltsame Aussehen des Wesens auf. Vielmehr sorgte sein Vorhandensein dafür, dass jede andere junge Mutter ihr Neugeborenes für das schönste im Lande halten konnte. Und auch alle Väter konnten stolz auf ihre Sprösslinge sein. Nur Tarzan war es zum Leidwesen Janes nicht.

Ein Herr des Dschungels hätte den Fremdling wohl achselzuckend als missratenen Affen akzeptiert, nicht so Franz Meyer. Er hielt die künstliche Besamung Claras inzwischen für eine Wahnvorstellung Janes. Vermutlich war die Schimpansin kurz vor dem verrücktem Eingriff von Losofo besprungen worden. Tarzan hatte es aufgegeben, mit Jane über die Idee des Affen an sich zu diskutieren. Als er bei der Lektüre von Kierkegaards Tagebüchern auf eine Stelle aus dem Jahr 1847 traf, strich er sie dick an:

„Der Menschen kommt immer mehr in Verwandtschaft mit den Tieren; nun redet man nicht mehr von der Kraft von tausend Menschen, sondern von tausend Pferdestärken."

Am Rand vermerkte Tarzan: Inzwischen Affenstärken!

Er hatte schicksalsergeben die Vorstellung akzeptiert, dass der Schimpanse in die Wohnung einziehen würde, sobald er aus dem Krankenhaus entlassen würde. Jane meinte, dass ein so kleines mutterloses Baby im Affenhaus nicht überleben würde. Wäre Horst einmal selbständig, würde man weiter sehen. Dass das rund fünf Jahre dauern würde, verschwieg sie ihrem Lebensgefährten und auch ihren insgeheimen Entschluss, Horst nie mehr wegzugeben. Komme, was da wolle. In Gedanken und Tagträumen spielte sie verschiedene Szenarien durch – und ein Szenarium verwirklichte sie: Jane ließ sich von Tarzan schwängern und heiratete ihn. Und dann konnte sie endlich Horst mit nach Hause nehmen. Wenn sie ihm in die rotbraunen Pupillen sah, sah sie auch schon die Zukunft: Wie er mit seinem Brüderchen oder Schwesterchen zusammen aufwachsen, erzogen und zur Sensation werden würde. Unschlüssig war Jane nur darüber, wann sie die Welt über den hybriden Horst in Kenntnis setzen werde.

Dass ein Kind für das Leben eines Paars eine Revolution bedeutet, war Tarzan zwar theoretisch auch vorher klar gewesen. Und dann erst ein Affe! Überrascht stellte er fest, dass die so ideologisch gefestigte Veganerin Jane zu einer gelegentlichen Fleischesserin mutierte. Sie sah die Notwendigkeit dazu ein, denn Schimpansen fressen ja in der Natur auch kleine und große Tiere. Ein paar Prozent ihrer ansonsten pflanzlichen Gesamtnahrung. Und sie, Jane, wollte ja nicht klüger sein als ein Schimpanse.

„Wir sind ja alle zivilisationsgeschädigt", eröffnete sie Tarzan.

Der dachte: Jetzt fehlt nur noch, dass sie Jean-Jacque Rousseau zitiert. Doch fiel ihm ein, dass ja bei Affen und ihren Verwandten alles aus dem Bauch kommt, nicht aus dem Hirn.

Auszüge aus dem gemeinsamen Tagebuch

Janes und Tarzans

1.

Erstes Lebensjahr des Schimpansen Horst

3. Mai

Horst schläft. Ich sitze kurz vor Mitternacht da und schreibe. Der Junge hat sich in dem Monat im Krankenhaus und danach kräftig entwickelt: Er wiegt fast drei Kilo. Seine Körperbehaarung wächst zwar affenmäßig, doch er ist, zumindest für mich, eindeutig mehr als ein Tier. Mit seinen wachen wunderschönen Äuglein guckt er mich an. Er erkennt mich, das ist ganz offensichtlich. Schade, dass ich ihm nicht die Brust geben kann. Noch nicht, denn ich bin schwanger. Tarzan war natürlich überrascht, als ich ihm das eröffnete. Ich habe ihm entgegnet, ich hätte ihm doch gesagt, dass ich damals die Pille abgesetzt hatte. Das war vor Horsts Geburt. Er, ich meine Tarzan, freut sich darauf, wieder Vater zu werden. Horst hat einen ungeheuren Appetit. Das Milchfläschchen ist im Nu leer. Was für ein wunderschönes Baby!

Das „wieder" in der vorletzten Zeile oben ist Schwachsinn! Offensichtlich glaubt Jane, dass ihre unmögliche, schamlose Manipulation wirklich erfolgreich war. Was für eine Närrin sie doch ist! Dieser Schimpanse ist 100 Prozent ein Affe. Aber Jane ist in dieser Hinsicht so verbohrt. Zweimal benutzt sie den Ausdruck „wunderschön" für einen Affen! Verglichen mit einem Menschenbaby ist das Wesen da potthässlich, verglichen mit anderen Schimpansenbabys alles andere als eine Schönheit. Wenn der Affe mich sieht, falls man da von sehen sprechen kann, bleckt er die Zähne, als grinse er. Doch Jane hat mich darüber belehrt, dass das bei Schimpansen eher ein Ausdruck der Angst sei. Tarzan flöße dem Jungen Angst ein, meinte sie. Was nun? Also doch ein Affenmännchen? Doch dann redet sie sich heraus, vermischt die Grenzen zwischen Tier und Mensch. So wie dieser Autor, der von Menschen als dritter Schimpansenart spricht, als wären Schimpansen und Bonobos auf einer Linie mit Menschen. Ein Symptom unserer Zeit offenbar: Die Menschen wollen keine Menschen mehr sein, denn so sind sie fein heraus und müssen nicht mehr Verantwortung für ihr Tun und Handeln übernehmen. Als seien wir wie die Tiere nur triebgesteuert.

10. Mai

Horst ist jetzt schon ein aufgewecktes Bürschlein. Ich weiß, dass Tarzan solche Aussagen nur als Ausdruck meiner Affenliebe sieht. Das ist einfach seine beschränkte Sicht der Dinge. Er sieht nur die kleinen Unterschiede zwischen Mensch und Schimpanse, während ich das große Gemeinsame sehe. Wie affenmäßig benehmen wir Menschen uns doch so oft! Das ist eben unsere gemeinsame Natur, hervor gewachsen aus einer gemeinsamen Herkunft. Wenn ich mich so für die Schimpansen einsetzte, ist das eben mein Einsatz, die Schöpfung zu bewahren. Gerade schaut mich Horst mit seinen wunderbaren Augen an. Während ich diese Zeilen schreibe, sitzt er auf meinem Schoß und schaut zu mir auf. Vorher hat Horst entschlossen sein Milchfläschchen geleert. Er hat immer großen Appetit. Ich bin gespannt, wie er sich mit seinem Brüderchen oder Schwesterchen vertragen wird, das in meinem Bauch wächst.

11. Mai

Dem kleinen Affen scheint es gut zu gehen. Er ist um die Hingabe Janes zu beneiden. Ja, wie sie gestern schrieb, eine wahre Affenliebe. Jedes Fürzchen des Schimpansen wird freudig begrüßt. Das seltsame Wesen wird immer behaarter. Gott sei Dank, so ist es auch immer augenscheinlicher ein echter Affe, woran ich ja nie gezweifelt habe. Für Jane gibt es trotzdem praktisch keine Unterschiede. Da besteht wirklich die Gefahr, dass sie einmal unser gemeinsames Kind mit dem Affen verwechseln wird. Ironie des Schicksals, dass sie mir den Spitznamen „Tarzan" gegeben hat. Ich fand das damals witzig: sie Jane, ich Tarzan. Ich las darauf hin tatsächlich während einer Nachtwache den Roman „Tarzan bei den Affen" von Burroughs. Was für eine krause Geschichte. Rudyard Kipling, ein wirklich großer Dichter und Schriftsteller, hat, wie ich im Internet fand, über Borroughs geschrieben, dieser habe das Motiv seiner Dschungelbücher „verjazzt". Man erzähle, Burroughs habe gesagt, er habe mit seiner Tarzan-Geschichte herausfinden wollen, wie schlecht er ein Buch schreiben könne und damit „durchkomme". „Das ist eine legitime Ambition", habe Kipling sarkastisch erklärt.

Und dann Janes Gefasel von der „Bewahrung der Schöpfung", ein Schlagwort, das sie hirnlos vielen Leuten nachplappert. Etwas bescheidener geht es wohl nicht bei Naturschützern, Politikern und Kirchenvertretern. Was für eine Anmaßung! Sie können und sollen sich ja zu Recht um die Umwelt kümmern, aber nicht so tun, als könnten sie, die Geschöpfe, das Werk des Schöpfers bewahren, um ihre Terminologie zu benutzen. Abgesehen davon, dass es aus christlicher Sicht in einer Apokalypse enden wird. Von Wissenschaftlern wissen wir ja, oder glauben zu wissen, dass sich in fünf Milliarden Jahren die Sonne in einen roten Riesenstern verwandelt und es lange vorher schon kein Leben mehr auf der Erde geben kann.

Im Übrigen ist Jane sauer auf mich. Nicht etwa wegen meiner Ideologiekritik, sondern weil ich es kategorisch abgelehnt habe, dass der Affe mit in unser Bett genommen wurde, als er unruhig war und nicht einschlafen wollte. Das wäre nun wirklich ein Scheidungsgrund!

12. Mai

Tarzan ist gemein! Ich wollte Horst ja nur kurz ins Bett holen, bis er eingeschlafen ist. Dabei trägt das Baby eine Windel, und Flöhe hat es wirklich nicht. Ach, was für ein prächtiges Kerlchen! Natürlich sieht er einem etwas deformierten Schimpansen ähnlich, war seine Mutter doch die Schimpansin Clara. Trotzdem meine ich manchmal, in den Gesichtszügen Horsts Hinweise auf seinen Vater zu entdecken. Als ich das Tarzan sagte, verdrehte er nur die Augen. Ich glaube, er wird Horst immer verleugnen, selbst wenn der eines Tags Papa zu ihm sagt.

Jane spinnt. Sie hat wohl ganz den Verstand verloren. Dieses Vieh, selbst wenn es einmal menschlich sprechen sollte (was ich für völlig unmöglich halte, denn das ist ja doch das auszeichnende Privileg des Menschen), dieses Vieh bleibt ein Affe. Es gibt dafür eine ganz einfache Erklärung: Losofo hat Clara besprungen, bevor Jane die Schimpansin absonderte und nach Hause nahm. Aber davon will Jane einfach nichts wissen. Sie räumt diese Möglichkeit gar nicht erst ein.

Und einsehen will sie auch nicht, dass menschliche Sprache und tierischer Signalaustausch zwei völlig verschiedene Welten sind. Es bestreitet ja niemand, dass Tiere und damit auch ihre gelehrigsten Arten, die Menschenaffen, gedrillt werden können, auf unsere Signale hin zu reagieren und manche nachzumachen. Warum geht es vielen Biologen, Verhaltensforschern und Tierfreunden einfach nicht in den Kopf, dass ihre Schützlinge zwar verständig parieren können, aber eben nicht vernünftig. Denn dazu braucht es abstrakte Denkfähigkeit, Geist.

1. September

Mein aufgeweckter Junge, jetzt bin ich ganz für dich da. Ich habe mich vom Zoo freistellen lassen. Die Frage nach einer späteren Eingliederung von dir ins Affenhaus ist stillschweigend ausgeklammert worden. Das Ganze ist finanziell möglich geworden durch das Erbe, das mir Tante Hermine hinterlassen hat. Und meine Intelligenzbestie Tarzan hat ja in Windeseile promoviert und wird in absehbarer Zeit auch Geld verdienen. Der einzige Wermutstropfen ist, dass Tarzan so abschätzig von Horst denkt. Aber er wird sich noch wundern, der Herr Papa! Das Zeichen für Milch macht Horst schon perfekt nach. Klar, philosophieren wird er mit Tarzan wohl nie. Warum sollte er auch lernen, mit Begriffen herumzualbern. Verstand!? Vernunft!? Als käme bei dieser Begriffsakrobatik wirklich was rüber. Das ist doch Wort-Onanie!

Es ist eigentlich unter meiner Würde, auf dieses primitive Geschreibsel einzugehen. Wer mit zwei Begriffen, die Schopenhauer so klar unterschieden hat, nichts anfangen kann, mit dem ist ein philosophischer Diskurs einfach unmöglich. Ich habe lange hin und her überlegt, ob ich in diesem Tagebuch weiterschreibe. Denn natürlich kann ich es nicht lassen, einen Blick auf das zu werfen, was da Jane vor mir geschrieben hat. Und das ist zumeist eine Zumutung. Andererseits ist es doch eine gute Dokumentation, die ich vielleicht später einmal für eine kritische Studie, z.B. über die Hysterie von Frauen, verwenden kann. Ich vermag einfach nicht nachvollziehen, wie eine an sonst gescheite Frau auf so eine hässliche Missgeburt abfahren kann. Selbst für einen Schimpansen müsste „Horst" ein scheußlicher Anblick sein. Aber die gucken ja nicht nach ästhetischen Maßstäben. Meine ich - vermutlich im Gegensatz zu unseren Primatenforschern. Was da alles über Menschenaffen geschrieben wird. Überhaupt dieser Begriff „Menschen-Affe"! Wer den geprägt hat, der gehört gesteinigt. Das ist so etwas Absurdes, wie wenn jemand von „Gummieisen" spräche. Nur weil Menschen und diese Affenarten vor fünf Millionen Jahren oder so einen gemeinsamen biologischen Vorfahren hatten. Ich habe das „biologisch" unterstrichen. Das stimmt ja wohl. Aber der Mensch ist eben mehr als pure Biologie. Was diese Primatenforscher manchmal schreiben, ein Satiriker könnte es nicht besser erfinden. Man hat den Eindruck, dass die wirklich stolz darauf sind, als „halbe" Affen zu gelten. Als wäre die Bezeichnung „dritter Schimpanse" ein Ritterschlag für den Menschen. Aber lassen wir das. Ich habe mich vermutlich eh wiederholt. Bei Jane scheint es mir pure Sentimentalität zu sein, nein, Naivität. Bin gespannt, was aus unserem

Kind wird, das in ihrem Bauch sichtbar wächst. Ich befürchte, dass es mit dem Affen um die Muttermilch kämpfen muss.

Oktober

Der Affe mag mich nicht. Zu Recht. Vermutlich spürt er, dass ich ihn nicht ausstehen kann. Nicht weil er ein Schimpanse ist, das ist ja o.k., sondern weil er hier im Haus von Jane praktisch als ebenbürtig behandelt wird. Er gehört ins Affenhaus, in den Zoo. Er ist ein Affe von A bis E. Nichts deutet darauf hin, dass Janes Manipulation mit meinem Sperma ein hybrides Wesen zustande gebracht hat. Als Mediziner verstehe ich etwas von Anatomie. Das da ist ein missgestaltetes Affentier, keine Kreuzung. Aber Jane will das einfach nicht einsehen. Als sie die Kreatur neulich im Zoo dem Tierarzt vorführte, bestätigte der meine Diagnose. Doch Jane will es einfach nicht wahrhaben. Wir beide werden uns da wohl nie einig werden. Dabei bestreite ich gar nicht, dass Schimpansen eine gewisse Intelligenz haben. Das kommt immer auf die Definition des Begriffes an. Sie, die Affen, reagieren sicher auch verständiger als andere Tiere, manchmal vielleicht auch verständiger als Menschen. Aber macht das uns zu Halbaffen oder jene zu Halbmenschen? Aber erneut wiederhole ich mich auf diesen Seiten, weil sich in der Diskussion mit Jane alles wiederholt, wenn es um ihren haarigen Zögling geht.

15. Oktober

Horst sagt Mama! Mein Kleiner sagt Mama! Tarzan leugnet es natürlich, vermutlich, weil Horst nicht eine deutlich vernehmbare Bühnenaussprache beherrscht. Und er wächst, mein Horst. Bei Franz ist bezüglich Horst Hopfen und Malz verloren. Ich schreibe hier absichtlich Franz, denn der Roman-und Film-Tarzan hat eine ganz andere Beziehung zu den Menschenaffen. Klar, das ist eine Kunstfigur, aber Franz könnte sich von Tarzan doch etwas abgucken.

3. November

Horst weigert sich, Papa zu sagen. Kann ich ja verstehen bei diesem Rabenvater. Tarzan zeigt absolut keine Spur von Vatergefühlen gegenüber unserem Adoptivkind. Er könnte ja zumindest ein wenig mitspielen. Hoffentlich bringt er mehr Gefühl auf für das Kind, das in mir wächst und demnächst das Licht der Welt erblickt. Das ist ja 100-prozentig auch seines. Ich hoffe nur, das es sich mit Horst vertragen wird. Was ich für Freude an ihm habe. Langsam führe ich ihn an die Bedienung des Computers heran. Was für ein frühreifes Kerlchen! So schnell geht es bei Menschenkindern nicht.

> Jane hat Recht, was die Geschicklichkeit des Affen betrifft. Aber diese Fähigkeiten habe ich nie in Zweifel gezogen, sind ja ganz offensichtlich. Doch es fehlt eben die Vernunft. Und zu der kommt auch der verständigste Schimpanse nicht,

würde er auch tausend Jahre alt. Dazu braucht es nämlich Geist. Wie weit Sprache und Vernunft eins sind, ist eine andere Frage. Vermutlich gibt es nicht das eine ohne das andere.

Für wen schreibe ich das eigentlich? Neben einer Art geistiger Onanie vielleicht für unser Kind, dessen Geburt unmittelbar bevorsteht. Es, sie oder er, kann das alles einmal lesen, wenn es erwachsen ist. Natürlich vorausgesetzt, dass unser Kind nicht nur in den Fußstapfen Janes wandeln wird, die bei all ihrer Intelligenz offenbar nicht zu philosophischen Gedanken fähig oder willig ist. Von dem dummen Affen ganz zu schweigen.

Dummer Affe!! Horst, wie dich Tarzan verkennt!! Wenn du mal groß bist, wirst du es diesem Stief-Stief-Stiefvater schon zeigen. Manchmal denke ich bezüglich Tarzan: Wie kann einer so intelligent sein und zugleich so dumm? Aber das ist wohl ein Charakteristikum der meisten Männer. Ich hoffe, dass du, Horst, einmal eine der wenigen Ausnahmen sein wirst. Aber warum mich unnötig sorgen? Ich bin sicher: Horst wird nie ein Philosoph werden. Die jonglieren doch nur mit Begriffen, also mit Wörtern. An denen geilt sich Tarzan auf, wenn er Kant oder Schopenhauer oder Hegel liest. Vielleicht sollte ich mir was Philosophisches auf den Unterleib tätowieren lassen. Etwa: „Das hier ist wirklich! Also vernünftig! Also zugreifen!"

3. Dezember

Nach meinem Bauch schwellen auch meine Brüste ziemlich an. Im Januar müsste das Mädchen zur Welt kommen. Es wird ein Mädchen sein, wie die Ultraschalluntersuchung gezeigt hat. Tarzan wollte sich von der Geburt überraschen lassen, aber man muss doch kleidermäßig vorsorgen. Angesichts der verschiedenen Wachstumsschnelligkeit von Menschenkindern und Menschenaffenkindern wird unser Mädchen mit drei Jahren schon einen richtig großen Bruder an ihrer Seite haben. Zur Zeit streiten wir uns, wie das Mädchen heißen soll. Ich habe mich auf Clara festgelegt – in Erinnerung an die so tragisch geendete Mutter von Horst.

> „Tragisch geendet!" Es ist zum Verrücktwerden mit der Inflation dieses Wortes „tragisch". Was für ein Schwachsinn! Der Tod der Schimpansin war, wenn überhaupt, ein trauriges Ereignis. Wie die ganzen Unfälle von Menschen, ob nun im Verkehr oder bei Naturkatastrophen. Aber tragisch! Und jetzt vergleicht diese Gans von Jane auch noch das Verenden einer Schimpansin mit dem Schicksal einer Antigone.

Was mein Philosoph sich aufregt! Es geht doch nicht um das eine oder andere Wort. Tarzan trauert offenbar um Worte, ich um Personen. Denn für mich war Clara eine Persönlichkeit. Ich habe sie über Jahre erlebt und richtig kennengelernt. Tarzan hat sie während vieler Monate im Zoo nur durch die Glasscheibe oder den Maschendraht

gesehen. Jetzt hätte er die Möglichkeit, im Zusammen-
leben mit Horst seine Vorurteile zu überwinden. Doch
wegen seiner hochnäsigen philosophischen Begriffe in
seinem Männerschädel sehe ich schwarz. Vielleicht wird
ihn ja seine Tochter Clara bekehren.

12. Januar

Clara ist vor drei Tagen zur Welt gekommen. Mutter und
Kind sind wohlauf. Den Namen habe ich durchgesetzt.
Tarzan fand ihn zunächst unpassend für unser Töchter-
lein. Er ist einfach ein Banause.

> Der Banause fügt hinzu: Der Name mit seinen bei-
> den A klingt an sich sehr schön. Was mich stört,
> ist der törischte Hinweis auf das Affenweibchen.
> Was soll unsere Tochter später denken, wenn sie
> erfährt, dass sie nach einer Schimpansin benannt
> ist? Man stelle sich vor, jemand fragt sie einmal,
> wie sie zu diesem Namen gekommen sei. Und sie
> muss sagen: So hieß die Lieblingsäffin meiner
> Mutter.
> Bezüglich des Namens kamen wir zu einem Kom-
> promiss: Sie darf Clara heißen, trägt aber meinen
> Nachnamen. Meyer ist zwar nichts Umwerfendes,
> aber mit den Nachnamen Frankenbein, den Jane
> beibehalten hat, soll unsere Tochter nicht belas-
> tet werden. Wobei ich nichts gegen den Namen
> an sich habe, der eigentlich gut klingt und inte-
> ressanter ist als der Allerweltsname Meyer, aber
> durch diesen ähnlich klingenden Romantitel und

die Filme einfach falsche Bilder aufkommen lässt. Wobei ja die meisten Menschen bei dem Namen an das Monster denken und nicht an seinen Schöpfer Frankenstein.

2.

Zweites Lebensjahr des Schimpansen Horst

4. April

Horst ist eifersüchtig auf sein Schwesterchen. Er merkt wie jedes Kind, dass er nun nicht mehr wie bisher meine ganze Aufmerksamkeit hat. Natürlich schläft die kleine Clara wie alle Neugeborenen fast die ganze Zeit, wenn sie nicht gerade Hunger hat und gestillt sein will. Sie ist wirklich herzallerliebst mit ihren blonden Härchen und dem vollen Schmollmündchen, den sie ganz eindeutig von Tarzan hat. Bei Horst hat ja mehr die schmallippige Mutter Clara durchgeschlagen. Ja, Horst ist eifersüchtig! Aber er wird sich sicher noch an sein Schwesterchen gewöhnen, und in zwei, drei Jahren wird er wie ein großer Bruder mit ihr spielen. Da bin ich mir ganz sicher.

Ich fasse es nicht: Jane gibt auch diesem Affen die Brust! Sie wollte es mir wohl verheimlichen, aber als ich heute ausnahmsweise früher als üblich aus dem Krankenhaus kam, habe ich sie in flagranti ertappt. An ihrem rechten Busen saugte Clara, an ihrem linken dieser Affe. An ihrem linken Busen! Also an ihrem Herzen! Ich glaube ihr, dass sie das nicht absichtlich tat, aber Professor Freud lässt grüßen. Davon abgesehen ist dieses Verhalten aus hygienischen Gründen unmöglich. Wer weiß, welche Krankheitskeime dieser Affe mit sich herumschleppt! Jane als Affen-Amme! Das hatte sich nicht einmal der Schriftsteller bei seinen Tarzan-Schmökern ausgedacht. Ich habe Jane ins Gewissen geredet und mir versprechen lassen, dass sie dem Schimpansen nur noch die Flasche gibt. Aber in Beziehung auf diesen verdammten Horst ist sie unberechenbar.

Natürlich nervt auch das Gequatsche, dass Clara nicht als Einzelkind aufwachsen werde, sondern einen „Bruder" (sic!) zur Seite habe. Eine Affenschande im wahren Sinne des Wortes! Auf die Dauer würde Clara wirklich zu einer „dritten Schimpansin" werden, wenn sie mit einem Affen großgezogen würde. Sicher ist, dass aus einem Schimpansen bei noch so rührender Aufmerksamkeit kein „dritter Mensch" wird. Jane will mir das zwar nicht abnehmen, aber darauf verwette ich meinen Kopf. Am Ende hätten wir zwei Affen im Haus, nein, drei, denn Jane muss ich langsam dazu zählen.

3.

Drittes Lebensjahr des Schimpansen Horst

5. Mai

So geht es nicht weiter! Wir müssen Clara und den Affen getrennt halten im Alltag. Das Mädchen äfft den Affen nach, der sinnlich-verständig seinem schnelleren Altern nach weiter ist, was ja entwicklungsbedingt vorauszusehen war. Allerdings wird der Schimpanse nicht viel weiter kommen, weil er eben ein Affe ist. Jane hat sich da in Phantasien vergaloppiert mit ihrer Zeichensprache. Sie will einfach nicht kapieren, dass der Affe einige Zeichensignale von ihr abgeguckt hat und anwendet. Aber sie spricht nicht mit dem Tier, und es nicht mit ihr. Was Jane triumphierend als Intelligenz preist, ist einfach instrumentales Verständnis. So weist sie darauf hin, dass der Affe bei Tests (es geht um das Herausfinden von Leckerbissen aus einem verschachtelten Kasten) cleverer ist als Clara. Ich wette, dass er auch schneller auf Bäume klettern kann, als dass das Clara jemals wird tun können. In dem Test machte Jane beim wiederholten beispielhaften Vorführen eine bewusst absurde, überflüssige Bewegung, die nichts mit dem Erreichen des Ziels zu tun hatte. Die kleine Clara machte sie nach, der große Affe dagegen ignorierte diese Absurdität und gelangte so ohne Umweg schneller zu dem Leckerbissen. Jane will nun nicht akzeptieren, dass dieser angebliche Vorteil des Affen sein Handicap ist – entwicklungsgeschichtlich gesehen. Ihm geht es eben nur darum, möglichst schnell zum Fressen zu kommen. Clara akkumuliert dagegen auch Fehlverhalten und lernt so dazu. Das ist auf lange Sicht vernünftig. Das macht die Möglichkeit einer Wissensvermehrung über Generationen aus. Der Affe reagiert immer ad hoc. Für ihn gibt es kein Morgen, keine Zukunft, nur immer Gegenwart. Von Interesse ist nur, was direkt zum Ziel führt.

Was mein Philosoph nur ständig zu meckern hat! Tarzan, Tarzan! Er ist so mit Vorurteilen belastet, dass er einfach nicht sehen will, wenn Horst sich brillant schlägt. Und beide, Horst und Clara, sind doch beide biologische Wesen, Natur. So wie wir, Tarzan und Jane. Klar, Menschen können mehr Kultur haben, Zivilisation. Aber das sind nicht nur Sinfonien und Toiletten mit Wasserspülung. Sondern auch Saurer Regen und Atomwaffen. Ist das den ganzen Fortschritt wert, wenn er uns am Ende umbringt? Und warum soll Clara nicht von ihrem Ziehbruder profitieren, wenn der cleverer ist als sie. Klar, Clara wird ihn sicher einmal überflügeln. In unserer Menschengesellschaft haben es Unbehaarte einfach leichter. Auch wenn das nicht fair ist. Sorgen doch die Unbehaarten für viel mehr Unruhe und Unfrieden in der Welt. Aber ich muss eingestehen, dass Clara in Sprechfähigkeit den meisten Menschenkindern ihres Alters nachhinkt. Dafür beherrscht sie schon sehr gut die Zeichensprache. In ihrer Fingermotorik ist sie den gleichaltrigen Kindern weit überlegen.

4.

Viertes Lebensjahr des Schimpansen Horst

19. April

Diese Spinner! Sie wollen mir Horst wegnehmen! Er werde durch meine Erziehung so vermenschlicht, dass es unnatürlich sei. Am besten sei es, dass er ausgewildert werde, meinen diese überkandidelten Naturfreaks. Was stimmt jetzt? Ist Horst zu sehr Tier oder Mensch geworden?Horst lebt so harmonisch in unserer Familie, isst mit uns, spielt mit uns, bedient den Computer, hat zu malen angefangen und spricht mit mir. Im Urwald wäre er hoffnungslos verloren und frustriert.

Da man einen Affen nicht in eine Kita schicken kann, geht jetzt Clara dahin. Sogar Jane scheint einzusehen, dass unsere Tochter zu Hause zu kurz kommt. Sie beherrscht diese äffischen Zeichensignale besser als unsere Menschensprache. Ihre Sprachfähigkeit war in der letzten Zeit sogar zurückgegangen. Dafür hat sie sich die äffische Ausdrucksweise abgeguckt. Wenn sie Angst hat, grinst sie wie ein Schimpanse. Jane widmet sich dem Affen mehr als ihrer Tochter, als wäre er ihr behinderter Sohn, der besondere Aufmerksamkeit brauche. Wenn sich statt dieser hysterischen Tierschützer das Jugendamt in unser Familienleben einmischen würde, wären wir in Gefahr, dass man uns die Fürsorge für Clara entzöge.

25. Juni

Schon nach einigen Wochen Kita hat Clara tolle Fortschritte gemacht. Ganz schnell hat sie sich an die Sprachwelt ihrer Spielgenossen angepasst und plappert ihrem Alter gemäß. Ganz deutlich wird es, dass sie erkennt: Der Affe ist ein Affe und sie, Clara, ein Menschenkind. Manchmal zieht sie ihn geradezu auf und lacht ihn aus.

Tarzan sollte sich schämen, das billige Verhalten Claras gegenüber Horst auch noch zu loben. Es ist ja schön, dass sie im Kindergarten solche Fortschritte macht, aber das macht sie doch nicht zu etwas Besserem. Beide Kinder sind verschieden, eben anders. Aber sind wir, Tarzan und ich, das nicht auch?

5.

Fünftes Lebensjahr des Schimpansen Horst

17. August

Dieser Unmensch von Tarzan! Er hat rücksichtslos auf den armen, Horst eingeschlagen! Fast hätte ich den

Tierschutzverein, nein, die Polizei angerufen! Dabei habe ich Horst doch eine ernste Rüge erteilt und ihm Kiwis, auf die er so scharf ist, vorläufig gestrichen. Er machte auch eine ganz schuldbewusste Miene. Er weiß ja, dass er Clara nicht beißen darf. Ich denke, dass sie ihn provoziert hat, wie sie das in den vergangenen Monaten immer wieder getan hatte. Vermutlich ist sie eifersüchtig auf ihn, weil Horst, ich gebe es zu, mehr Aufmerksamkeit von mir erfährt als sie. Offenbar wird Clara von Kitakindern gehänselt, weil sie Horst zum Bruder hat. Statt dass sie stolz darauf ist, denn wer hat schon einen solchen Bruder! Auch ist Horst besser erzogen als die meisten dieser Kids, deren Eltern bei der Erziehung oft völlig versagt haben. Horst ist viel friedfertiger als die meisten von ihnen. Wie gesagt: Clara hat Horst sicherlich gehänselt. Auf jeden Fall vernachlässigt sie ihn. Seit sie in der Kita ist, will sie nur noch mit diesen dummen Gören spielen.

Dieses Vieh hat meine Clara gebissen! Dies nicht zum ersten Mal, aber diesmal richtig fest. Die Wunde musste genäht werden, es wird eine Narbe bleiben. Gott sei Dank „nur" am Arm, nicht im Gesicht. Ich hätte das Biest fast totgeschlagen. Es muss in einen Käfig! Aber Jane will es einfach nicht einsehen, dass es so nicht weitergehen kann. Sie hängt noch immer dem Wahn nach, dass der Affe ein halber Mensch sei. Wenn es das nur wäre! Sie hält den Schimpansen für einen besseren Menschen als uns alle.

Nur über meine Leiche, Tarzan! Horst kommt mir in keinen Käfig! Wäre er nicht so haarig und du, Tarzan, so verblendet, würdest du ihn nicht als „Vieh" beschimpfen. Im Vergleich zu ihm sind die meisten Menschen Biester! Überall Verbrechen und Krieg! Und selbst in Filmen wie „Planet der Affen" lassen sie Menschenaffen wie Menschen benehmen, also als degenerierte Affen. Zugegeben, Horst benimmt sich manchmal allzu menschlich, hat seine Launen, seine guten und schlechten Tage. Aber er ist nie sadistisch!

> Wäre ich nicht Agnostiker, dem das Wort „Geist"
> schon zu religiös klingt (ich spreche da lieber von
> Bewusstsein), würde ich einfach sagen: Tiere und
> auch sogenannte Menschenaffen sind geistlos.
> Zwar spricht Jane nicht vom Geist ihres „Horsts",
> aber von seiner Seele. Was immer das genau sein
> soll – vielleicht haben es Mensch und Tier. Wobei
> ich mich da schwer tue.

Was Tarzan ständig philosophiert! Er sollte lieber an Lianen durch den Dschungel hangeln, dann verstünde er Horst vielleicht besser. Dieses Hin- und Herschieben von Begriffen wie Geist und Bewusstsein, Verstand und Vernunft bringt doch nichts. Mit was für einem Mann lebe ich da zusammen! Dabei ist er als Arzt so tüchtig. Jetzt Oberarzt am Krankenhaus, irgendwann vielleicht Chefarzt.

Auszüge aus dem Tagebuch Franz Meyers

15. September

Ich habe mich von Jane getrennt und wohne jetzt allein mit Clara – und Jane mit ihrem Affen. Das Biest hatte Clara erneut schwer verletzt. Da Jane sich weigerte, den Schimpansen einzusperren oder in ein Affenhaus zu bringen, musste ich im Interesse unserer Tochter diese Entscheidung treffen. Clara war zuletzt völlig verängstigt, denn die Aggressionen des Affen wurde immer schlimmer. In ihrer Affenliebe ist Jane nicht energisch dagegen eingeschritten. Dazu kommt noch, dass sie keinerlei Sensibilität bezüglich der Lage unserer Tochter zeigt. In der Schule wurde Clara gehänselt, weil Jane den Schimpansen in Kleidung steckt und mit ihm zu Schulveranstaltungen erschien. Was den Mitschülern zunächst als Jux gefiel, wurde bald Anlass zu bösen Hänseleien gegenüber „seiner Schwester".
Dazu kommt noch, dass Janes Liebkosungen für den Affen wirklich zu weit gehen. Sie masturbiert ihn! Irgendwann lässt sie sich, befürchte ich, von ihn noch bespringen – falls das Tier dazu Lust bekommen sollte. Vielleicht ist das ja auch eine bösartige Unterstellung meinerseits, aber ihr Verhalten ist so eindeutig unzweideutig.

Mit Hilfe meiner Mutter, die in eine Nachbarwohnung gezogen ist, wird Clara gut versorgt. Die Kleine kommt mit ihrer Oma prima aus. Natürlich ist sie kein Mutterersatz, aber die zweitbeste Lösung in dieser verzwickten

Situation.

13. November

Heute rief mich Clara ganz aufgeregt aus der Küche, wo ich gerade kochte, ins Wohnzimmer. Sie hatte in einer TV-Tiersendung Jane und Horst entdeckt. Die beiden traten da gerade auf und demonstrierten ihre innige Verbundenheit. Jane führte den „so intelligenten" Affen vor, „unterhielt" sich mit ihm mit Zeichen, ließ ihn auf Computertasten drücken etc. Ich musste wirklich an mich halten, um nicht vor Clara über Jane zu schimpfen. In Gedanken warf ich Jane schon ihr tierisches Verhalten vor. Wobei ich mit „tierisch" an sich nichts Negatives meine. Für Tiere ist tierisch ja angemessen. Aber wer sich als Mensch als dritten Schimpansen einstuft, dem ist meiner Meinung nach nicht mehr zu helfen. Und einer Menschheit, die das akzeptiert und gar nachmacht, auch nicht. Über das Verhalten ihrer Mutter soll Clara, wenn sie einmal erwachsen ist, ihr eigenes Urteil fällen. Aber den Unterschied zwischen Mensch und Tier mache ich ihr schon jetzt klar. Neulich fiel mir dazu ein herrliches Gedicht von Matthias Claudius in die Hände. Die erste Strophe heißt:

„Ich danke Gott und freue mich
Wie 's Kind zur Weihnachtsgabe,
Dass ich bin, bin! Und dass ich dich,
Schön menschlich Antlitz! habe;"

Da könnte man fast religiös werden. Wenn Clara das

werden sollte, wäre das in Ordnung. Es ist ihr Menschenleben. Kein Affenleben.

1. Mai

Heute Nachmittag stand Jane mit dem Affen vor der Tür. Da Clara ihre Mutter in den vergangenen Monaten kaum gesehen hatte, wollte ich sie nicht abweisen, ich meine wegen ihres Begleiters. Gott sei Dank war es ein sehr warmer Frühlingstag, so dass wir es uns im Garten bequem machen konnten. Denn das Tier hat bei mir Hausverbot. Es ist für einen Schimpansen ungewöhnlich groß, eine Mordsbestie eben. Ich weigerte mich, ihm zur Begrüßung die Hand zu geben. Das Handgeben hat ihm Jane gut antrainiert. Einem normalen Schimpansen hätte ich problemlos das Fell gekrault, doch nicht dem da. Nicht genug, dass Jane ihn wie einen Modejüngling ausstaffiert. Was für eine Fernsehshow oder Zirkusnummer ja in Ordnung ist. Nein, sie glaubt noch immer im Ernst, er sei eine hybride Mischung, halb Tier, halb Mensch. Und da für sie Schimpansen eh die besseren Menschen sind – oder die Menschen die schlechteren Affen -, streitet sie inzwischen mit einigen anderen dafür, dass den sogenannten Menschenaffen auch die Menschenrechte zuerkannt werden. Meine Haltung dazu kritisiert Jane als zynische Überheblichkeit. Dabei sage ich nur ganz pragmatisch, sobald ihr Affe eine von ihm selbst verfasste Forderung nach Menschenrechten einreicht, können wir ernsthaft darüber reden. Natürlich verwies sie postwendend darauf, auch geistig behinderte Menschen könnten das nicht. Meine polemische Antwort, einfach weil ich in diesem Moment keine Lust hatte, groß darüber zu diskutieren: Wenn ihr Affe zu behindert sei, Menschenrechte für sich einzufordern, könnten das ja nicht so behinderte andere Affen für ihn tun. Beleidigt sprach Jane nicht mehr mit mir, sondern nur noch mit Clara – und natürlich ihrem Horst. Der benahm sich an diesem Nachmittag recht manierlich. Als er von seinem Gartenstuhl genug hatte und auf den blühenden Kirschbaum kletterte, machte er sich da ganz possierlich aus. Vielleicht empfand ich das auch nur so, weil Jane sich über diesen äffischen Auftritt aufregte.

Weihnachten 2000

Nach langer Zeit habe ich über diese Weihnachten Urlaub genommen, in alten Akten gewühlt, und dabei fielen mir diese verstaubten Tagebuchaufschriebe in die Hände. Jahrelang hatte ich mich nicht darum gekümmert, hatte ich es doch schon lange aufgegeben, die Viereckgeschichte Jane / Tarzan / Clara / Horst zu dokumentieren und zu kommentieren, da sich die Argumente auf beiden Seiten immer nur wiederholten. Vorhin habe ich die Tagebuchblätter überflogen und festgestellt, dass in ihnen viele Wiederholungen stehen. Na ja, vielleicht kann ja Clara einmal damit etwas anfangen. Clara! Demnächst wird sie 18 Jahre alt, also volljährig. Sie ist zu einem prachtvollen und hübschen Mädchen, pardon, einer jungen Frau herangewachsen. Ihr Kontakt zu ihrer Mutter ist sehr locker geblieben. Anfangs besuchte Clara gelegentlich Jane, aber sie fühlte sich gegenüber diesem Affen immer wieder als fünftes Rad am

Wagen. Und das Tier benahm sich ihr gegenüber, wie sie mir erzählte, weiter aggressiv.

Im Nachhinein muss ich zugeben, dass auch ich das Thema Affe-Mensch Jane gegenüber sehr ideologisch behandelt habe. Ich war in philosophische Begriffe vernarrt, nahm sie wortgläubig ernster als die Wirklichkeit, die aus Erfahrung gewonnene Erkenntnis. Der Affe war mir unsympathisch, was meine Urteilskraft schwächte. Ich muss heute zugeben, dass Tiere Menschen ähnlich kommunizieren, wenn auch nicht so elaboriert. Sie, die Tiere, haben eben nicht unsere Sprechausrüstung. So weit bin ich schon Darwinist, dass ich ein gemeinsames biologisches Erbe annehme. Aber das macht sie doch nicht gleichberechtigt. Vor allem ist das Erbgedächtnis von Tieren so auf die Arterhaltung konservativ beschränkt, während Menschen individuelle Erfahrungen weitergeben können, besonders auch durch die Schrift. Da könnte man monatelang darüber philosophieren.

(Hier bricht der Tagebucheintrag ab. - Der Hg.)

Aus Clara Meyers Lebenserinnerungen

Ich war natürlich sauer, als mir irgendwann richtig bewusst wurde, dass mir meine Mutter den Namen Clara zu Ehren einer Schimpansin gegeben hatte. Und mein Vater hat dabei mitgemacht! Er hätte sich schon energischer für einen anderen Namen einsetzen können, zum Beispiel Anna und/oder Eleonora nach meinen beiden Großmüttern. Wobei ich mit Clara selbst nicht unzufrieden bin, nur mit der Namenspatin.

Meinen Vater nannte ich, wenn ich mich richtig erinnere, anfangs wie meine Mutter Tarzan. Als sich die beiden trennten, und ich mit meinem Vater auszog, benutzte ich diesen Spitznamen bald gar nicht mehr. Ich hörte ihn noch gelegentlich bei den seltenen Besuchen meiner Mutter. Anfangs schmerzte es natürlich, dass ich sie so wenig sah, aber da ständig Horst ihr Gesellschafter war, war es mir auch Recht. Es war schon schmerzhaft für mich mitzuerleben, dass meiner Mutter der Affe mehr am Herzen lag als ihre leibliche Tochter.

Natürlich fehlt mir jede Erinnerung an meine ersten Lebensjahre. Aber ich habe das eine Zeit lang von meinen Eltern gemeinsam geführte Tagebuch gelesen. Auch gibt es Fotos aus dieser Zeit. Und dann war ja noch mein kürzlich verstorbener Vater, der mir viele Einzelheiten erzählte, die nicht in dem Tagebuch stehen. Die Tendenz war ganz eindeutig: Dieser schreckliche Horst war das eigentliche Kind meiner Mutter, ich so eine Zugabe, ein halbes Spielzeug für den Schimpansen.

Anfangs war es, wie mein Vater erzählte, ja auch ganz nett, so einen äffischen Spielkameraden zu haben. Andere hatten einen Hund oder eine Katze zum Spielen, ich aber einen Affen. Viele Kinder beneideten mich. Aber bald schon wurde das problematisch für mich, wie ich gelesen und gehört habe. Ich war anscheinend näher daran, eine Äffin zu werden als der Affe ein Mensch. Das ganze Experiment endete ja schließlich auch in dieser Katastrophe.

Es ist schon verrückt, dass ich noch heute als erwachsene Frau manchmal unwillkürlich eine Handbewegung, eine Geste mache, die ich offenbar von diesem Horst abgeguckt hatte. Oder eben von meiner Mutter, wie sie so ein Handsignal Horst beibrachte. Ein gefundenes Fressen natürlich für meinen Ehemann, der Psychoanalytiker ist. Kurios, dass ich mir gerade einen Mann mit dieser Profession ausgesucht habe. Aber das ist eine andere Geschichte. Gott sei Dank können wir beide darüber flachsen.

Zurück zum Affen! Meine ersten Erinnerungen, die wirklich von mir stammen, habe ich an den Kindergarten, in dem ich mich pudelwohl unter lauter Menschenkindern fühlte. Ich hatte damals, wie ich von meinem Vater weiß, blitzschnell altersgemäß sprechen gelernt. Leider hatte meine Mutter das nicht richtig gewürdigt. Jede neue Signal-Handbewegung Horsts riss sie zu begeistertem Applaus hin, während meine Fortschritte als selbstverständlich registriert wurden. Das hat mich schon verletzt. Doch war die Beziehungskiste ja eindeutig: Jane war für den Affen da, Tarzan für die Tochter.

Ja, es war ein komisches Verhältnis zu Horst. Mit Verhältnis meine ich einfach mein Verhalten dem Schimpansen gegenüber. Ich hatte Furcht vor seiner physischen Stärke und seinen Aggressionen. Obwohl meine Mutter praktisch immer für ihn da war, gab es auch Augenblicke, die sie mir widmete – und das registrierte der Affe mit Unwillen. Ich habe noch Narben, die aus Verletzungen herstammen, die mir Horst beigebracht hatte. Sicherlich war ich an seinen Angriffen nicht immer unschuldig, habe ihn aus Frustration provoziert.

Als Heranwachsende fand ich das Verhältnis von Mama und Horst mehr und mehr lächerlich. Sich so mit einem Affen abzugeben und die eigene Tochter hintanstellen! Natürlich ahmte ich dabei auch meinen Vater nach, der sich über die Beziehung der beiden immer wieder sarkastisch äußerte. Ich denke, es war richtig, dass sich Papa von Mama trennte, auch wenn es damals schwer für mich war. Aber Horst war einfach eine Gefahrenquelle für mich. Zudem war meine Mutter mit Horst oft wochenlang außer Haus; sie reiste mit ihm als Vorzeigeexempel durch die halbe Welt. Ich sah meine Großmutter damals schon viel häufiger als meine Mutter.

Papa war dann als Oberarzt im Krankenhaus beruflich ziemlich eingespannt, aber in seiner Freizeit immer für mich da. Er hatte nicht wieder geheiratet, aber hatte, wie er seiner erwachsenen Tochter einmal gestand, nach seiner Trennung von Jane einige Flirts und Affären mit Kolleginnen und Krankenschwestern. Er schwor hoch und heilig: nicht mit einer einzigen Äffin.

Anlass zum Auszug aus dem Haus war übrigens eine handfeste Auseinandersetzung mit meiner Mutter. Um was der Streit damals ging, weiß ich nicht mehr. Auf jeden Fall verpasste mir Jane eine saftige Ohrfeige und schlug auf mich ein. Als ich mich wehrte und zurück schlug, stürzte sich der Affe auf mich und richtete mich übel zu. Zuletzt trennte ihn meine Mutter von mir und brachte mich ins Krankenhaus.

Als ich, erwachsen schon und verlobt, mit meinem Vater über alte Zeiten sprach, erzählte er mir, dass es über den aktuellen Anlass hinaus auch einen tieferen Grund für die Trennung von Jane gegeben habe. Er habe Angst gehabt, dass der Affe sich an mir vergehen könnte. Mein Vater hegte ja den Verdacht, dass Jane so etwas wie Sex mit Horst gehabt haben könnte. Ob das wirklich stimmt, kann sie ja nicht mehr sagen. Ich weigere mich auch, darüber zu spekulieren. Immerhin war sie meine Mutter. Ohne sie würde ich nicht existieren. Im Übrigen bin ich der Meinung, dass es Unsinn ist, bei Tieren von Sex zu sprechen. Bei denen gibt es doch nur Trieb. Unter Sexualität verstehe ich etwas anderes, von Eros ganz zu schweigen. Ein Mensch kann einen anderen Menschen erkennen – und dieses „erkennen" ist ja bekanntlich ein vieldeutiges Wort. Bei Tieren ist das meiner Meinung nach doch etwas Anderes, wenn sie ihren Triebpartner wittern.

Wir zogen also aus. Bis zum 18. Lebensjahr, bis nach dem Abitur wohnte ich bei Vater. In diesen Jahren und danach habe ich vermutlich Jane öfters im Fernsehen gesehen als im Leben. Ihre TV-Talkshows, so nannte sie die Auftritte mit Horst, waren ja sehr beliebt. Offenbar waren Hunderttausende oder gar Millionen von Zuschauern mit Jane stolz darauf, wie weit es der Affe gebracht hatte. Jane erklärte sich tatsächlich glücklich, Angehörige der dritten Schimpansenart zu sein. Aber dazu will ich weiter nichts sagen; mein Vater hat dazu genug in den Tagebuchaufzeichnungen geschrieben.

Über das schreckliche und traurige Ende meiner Mutter will ich nichts sagen. Dazu gab es genug Berichte in den Medien. Mehr als die Polizei weiß ich auch nicht. Und zu Horst will ich erst recht nichts sagen. Jedes weitere Wort über ihn wäre zu viel.

Was mir nachträglich einen Schlag in die Magengrube versetzte, war ein Mahnschreiben einer obskuren christlichen (???) Sekte. In dem Schreiben, das ich einige Woche nach dem Tode meiner Mutter erhielt, wurde mitgeteilt, dass der Jahresbeitrag für Jane und Horst Frankenbein noch immer nicht bezahlt sei. Ich ging der Sache nach, stöberte in den Unterlagen Janes und fand tatsächlich einen Taufschein auf den Namen Horst Frankenstein (bezeichnend dieser Tippfehler). Mit Geburtsdatum und Geburtsort. Ich konnte es einfach nicht fassen und kann es auch heute noch nicht. Der Affe wurde getauft!

Ich selbst bin nicht getauft worden, weil ich nach Ansicht meines Vaters in gehörigem Alter selbst darüber entscheiden sollte. Ich bin bis heute nicht getauft. Ich kann mir einfach nicht vorstellen, dass Horst „in gehörigem Alter" in seinen Computer getippt hätte: Ich will als guter Christ getauft werden. Und dass dann diese Sekte da mitmachte! Vermutlich hat Jane eine großzügige Spende gemacht. Es würde mich nicht wundern, wenn eines Tages noch ein „wissenschaftliches" Horoskop auftauchen würde, das Jane für dieses Tier hat erstellen lassen. Sie faselte ja immer wieder, dass Horsts Verhalten mit seinem Sternbild und Aszendenten wirklich übereinstimme. Dabei will ich gar nicht ausschließen, dass Tiere eine Seele haben, eben eine tierische. Aber ab welcher Größe haben Tiere Seelen? Ein Elefant hat sicherlich eine. Natürlich auch ein Schimpanse. Aber eine Maus oder Mücke?

Ich sehe, dass mich die Erinnerungen an Horst und meine Mutter nur zu skurilen Gedanken treiben. Vermutlich hatten sich die Regungen des Affen auf Nahrung und Geschlechtstrieb beschränkt. Oder beschränken sich darauf, falls er noch am Leben sein sollte. Na ja, vielleicht gab oder gibt es bei ihm wegen seines engen Bezugs zu einem Menschen schon so etwas wie Eitelkeit. Horst betrachtete Jane als seine Mutter, sein Eigentum. Das gehört durchaus in die Intelligenz höher entwickelter Tiere (was man so „höher" nennt). Dass auch Clara, also ich, Anspruch auf „seine" Mutter haben sollte – warum sollte der Affe so etwas einsehen? Ich als Menschenkind musste einsehen lernen, dass ich einen äffischen „Bruder" hatte. Anfangs, im Babyalter, war es mir selbstverständlich. Je älter ich wurde, um so fragwürdiger. Am Ende empfand ich es als abstrus, meine Mutter mit einem Schimpansen teil zu müssen. Absurd war, dass Jane es als selbstverständlich empfand, von ihren zwei Kindern zu sprechen. Aber ich wiederhole mich.

Es würde mich nicht wundern, wenn eines Tages noch ein „wissenschaftliche" Analyse von Horsts Träumen auftauchen sollte...

Bericht eines Polizeikommissars

„Sie wollen alles über den Affen-Fall wissen? Gut, aber nennen Sie keinen Namen. Ja, ich habe damals als Hauptkommissar die Mordsache untersucht, wenn denn von Mord bei einem Affen gesprochen werden kann. Denn, um das klarzustellen, dieser Horst war eindeutig ein Schimpanse. Nach der Lektüre der Tagebuchaufzeichnungen von Jane Frankenbein, wurde eine DNA-Analyse gemacht. Genug Haare von dem Affen fanden sich ja am Tatort. Die Analyse ergab, dass es sich bei diesem Horst um einen 100-prozentigen Affen handelt. Nichts von einem Mischwesen, halb Affe, halb Mensch. Wie diese Frankenbein meinte. Sie muss ja ziemlich verrückt gewesen sein. Wie die nur glauben konnte, dieses unglaubliche Experiment mit dem Samen ihres späteren Mannes sei geglückt! Wobei ja allein Fotos den Horst eindeutig als Schimpansen erkennen lassen. Einen hässlichen Schimpansen, meiner Meinung nach. Da gibt es im Zoo wirklich nettere.

Ob diese Frau damals das Experiment mit dem Menschensamen und der Schimpansin wirklich ausgeführt hatte, ist eine andere Frage, die niemand beantworten kann. Vielleicht war das ja nur eine Wahnidee der Frau Frankenstein. Nomen est omen. Entschuldigen Sie. Frankenbein hieß sie ja. Wenn ich diesen Spruch höre „Tierfreunde sind die besseren Menschen" könnte ich nur kotzen. Solch ein Unsinn. Man denke nur an Hitler und seine Schäferhündin. Was kein Plädoyer für Tierquäler sein soll. Ich selbst habe einen Hund, an dem ich hänge. Aber darauf bilde ich mir nun gar nichts ein.

Zurück zu unserem Fall. Nachbarn hatten damals die Polizei alarmiert, als sie am Tatabend fürchterliche Schreie aus dem Haus hörten. Als eine Polizeistreife dort ankam, war alles ruhig. Da die Haustür offen stand, traten die Kollegen ein, nachdem auf das Betätigen der Türklingel und auf Klopfen niemand geantwortet hatte. Da fanden sie die elend zugerichtete Leiche der Jane Frankenbein. Bei der Obduktion stellte die Gerichtsmedizin fest, dass die arme Frau buchstäblich in Stücke zerrissen worden war. Auch gab es Bisswunden. Und offensichtlich hatte der Täter auch Menschenfleisch gefressen.

Die Mordkommission wurde gerufen, ich übernahm den Fall. Es war ja stadtbekannt, dass in dem Haus das Opfer mit diesem großen Schimpansen gelebt hatte. Sie behandelte ihn ja wie einen Sohn oder einen Lebensgefährten. Sicher haben Sie auch schon TV-Shows mit den beiden gesehen. Dieser Horst beherrschte eine Art Zeichensprache, mit denen sich die beiden offenbar verständigten. Der Affe war ja international bekannt, weil man sich angeblich mit ihm richtig unterhalten konnte, mit dieser Zeichensprache. Aber dann könnte ich auch sagen, dass ich mich mit meinem Hund unterhalte. Wir reagieren nämlich beide auf verschiedene Zeichen des anderen. Dass der Schimpanse Computertasten bedienen konnte, sagt meiner Meinung nach wenig aus. Meinem Bello könnte ich so etwas wohl auch beibringen, wenn der es vielleicht auch nicht so weit bringen könnte wie dieser Horst.

Entschuldigen Sie bitte, dass ich immer wieder so persönlich werde. Aber ich bin eben nur ein Mensch. Dieser Affe kleckste auch mit Pinseln Farbe auf Leinwände. Die Frankenbein organisierte sogar Kunstausstellungen. So nannte sie das. Und die sogenannten Kunstwerke wurden sogar gekauft. Nein, nicht von Affen, von Menschen.

Aber zurück zu unserem Fall. Alles deutete damals darauf hin, dass dieser Affe Horst der Täter gewesen war. Täter in Anführungszeichen. Das ergaben die Spurensicherung, die DNA-Analysen und die Untersuchungen der Gerichtsmedizin eindeutig. Ob man in diesem Fall von einem Täter sprechen kann, ist eine ganz andere Frage. Denn können Tiere Taten oder Untaten vollbringen? Ich habe gelesen, dass im Mittelalter auch Tiere nach Misshandlungen von Menschen verurteilt und hingerichtet wurden. Aber gibt es bei Tieren nicht einfach Triebhandlungen? Können Tiere verantwortlich für Taten sein? Für mich und für vermutlich auch für Juristen lauter Fragezeichen.

Egal, dieser Affe hatte allen Indizien zufolge Jane Frankenbein umgebracht. Die Suche und Fahndung nach diesem Horst ist bis heute ergebnislos geblieben, so weit ich weiß. Es ist ja bekannt, dass dieser Affe meist Menschenkleidung trug. Wenn er dann mit seinem Schlapphut und Spazierstock neben der Frau bei Dämmerung oder nachts spazieren ging, konnte er durchaus mit einem Menschen verwechselt werden. Sie kennen ja sicher entsprechende Filmaufnahmen. Möglicherweise hatte er so gekleidet, wie er es gewohnt war, den Tatort verlassen.

Tja, diesen verruchten Affen haben wir nie erwischt. Später berichteten dann verschiedene Medien, Tierfreunde hätten Horst versteckt. Und noch später wurde gemeldet, Tierfreunde hätten den Affen nach Afrika gebracht und dort ausgewildert. Ich nehme an ohne Kleider, Schlapphut und Stock. Aber ich bin der Meinung, dass das eine Zeitungsente ist. Vielleicht aber auch nicht, denn es gibt so überschnappte Tierfreunde. Denen sind Vierbeiner, das sind ja wohl auch Affen letztlich, wichtiger als Menschen. Nun, vielleicht tobt dieser Horst jetzt mit anderen Schimpansen durch den Kongo. Sozusagen im Herzen der Finsternis."

Ende

Nachwort des Herausgebers

Die hier herausgegebene krause Affengeschichte, vielmehr krausere Menschengeschichte ist so in meine Hände gelangt: Ein mir bis dahin unbekannter Notar, Adelbert Milzhausen aus Weinheim, schickte mir die hier publizierten Texte. Wie sie in seine Hände gelangt sind, wird aus seinem unten folgenden Brief deutlich. Da mir ein großzügiges Honorar für die Herausgabe der Texte angeboten wurde, habe ich nicht nach Sinn oder Unsinn des Ganzen gefragt. Allerdings gestatte ich mir, meine Zweifel über die Natur des Herrn A. zu äußern. Aber es wird ja niemand zum Lesen des Buches gezwungen werden, dieweil es sich kaum als eine Schullektüre eignet.

Ich weiß nicht, wie ich zu der zweifelhaften Ehre eines Herausgebers gekommen bin. Auch kann ich nicht nachvollziehen, was Notar Milzhausen in Erwägung zieht: dass Horst A. durch ein Buch von mir auf meinen Namen gestoßen sei. Warum sollte das ihn animiert haben, mich zum Herausgeber zu machen?

Ich habe die Texte wortgetreu wiedergegeben. Sie lagen und liegen mir als Computerausdruck vor. Allerdings fehlen Kapitelüberschriften. Diese stammen von mir; ebenso auch Buch- und Untertitel.

Hier der Brief des Notars:

Weinheim, 2. April 2017

Sehr geehrter Herr Hirscher!

Als Nachlassverwalter von Herrn Horst A. (der Verstor-
bene wollte anonym bleiben) schicke ich Ihnen die bei-
liegenden Blätter. Herr A. bittet Sie, sie zu publizieren.
Sobald der Text in Buchform vorliegt und Sie mir ein
Ansichtsexemplar zugeschickt haben, soll ich Ihnen für
die Arbeit 5.000 Euro überweisen. Dieser Betrag wurde
mir treuhänderisch anvertraut.

Herr A., mit dem ich nur brieflich Kontakt hatte, teilte
mir nicht mit, warum er gerade Sie als Herausgeber der
Schriften wünschte. Möglicherweise hatte er eines Ihrer
Bücher gelesen.

Bitte teilen Sie mir mit, ob Sie die Aufgabe der Herausgabe des Buchs übernehmen. Sollten sie dazu nicht
bereit sein, schicken Sie mir bitte das Textmaterial und
die Anzahlung zurück.

Mit vorzüglicher Hochachtung

Dr. Adelbert Milzhausen

Anlagen: Konvolut verschiedener Texte; Erklärung Horst
A.s, Scheck über 1.000 (tausend) Euro

Und hier die Erklärung von Horst A.:

Ein Kriminalkommissar hat die Vermutung geäußert, dass ich im Kongo verschollen sei. Unter Anspielung auf eine Geschichte von Joseph Conrad spricht er vom „Herz der Finsternis". Damit will er wohl eine finstere Geschichte beschwören. Vielleicht will der Kommissar aber auch nur mit seiner literarischen Bildung posieren. Auf jeden Fall trete ich dieser Verzeichnung der Tatsachen entschieden entgegen.

Ich will hier nicht all den anderen Irrtümern oder falschen Behauptungen entgegentreten, die in den Texten öfters zu finden sind. Das würde zu weit führen. Auch würde es mir zu große Mühe machen, da ich von einer schweren Krankheit gezeichnet bin. Ich kann zwar einen Computer bedienen, aber es ist schon rein physisch eine große Anstrengung für mich. Meine extreme Sprechbehinderung verhindern es, diese Erklärung jemandem zu diktieren. Auf jeden Fall weise ich die Darstellung des tragischen Endes meiner Ziehmutter zurück, vielmehr meine angebliche Täterschaft. Als ob ich für die Untat verantwortlich gewesen wäre! Ich hatte damit nichts zu tun! Ich schwöre es! Hand aufs Herz!

Mit Hilfe von Freunden war ich kurz vor der Untat aus der jahrelangen obsessiven Vereinnahmung und Unterdrückung seitens meiner Ziehmutter geflohen. Aus einem sicheren Versteck wollte ich mich dazu äußern und meine Beweggründe für die Flucht mitteilen. Aber dann gab es plötzlich dieses Verbrechen und nur einen Täter:

mich! Der ich doch ganz unschuldig war! Aber wer hätte mir geglaubt???

Freunde halfen mir, eine andere Identität anzunehmen. Ich wollte nur in Frieden und in Freiheit leben. Auch deshalb habe ich darauf verzichtet, mit dem Finger auf andere zu deuten, die als Täter in Frage kommen könnten. Bekanntlich stammen bei Familientragödien die Täter meist aus dem familiären Bereich – statistisch gesehen. Aber es gibt ja auch sonst genug Sadisten und Lustmörder unter den Menschen. Wie dem auch sei: Ich will damit nichts mehr zu tun haben. Ich sehe in Frieden mit mir selbst meinem wohl nicht mehr allzu fernen Tod entgegen.

Horst A.

Anhang

Das folgende Gedicht (besser wohl: diese Reimerei) hat Clara Meyer nach ihren Angaben im Nachlass ihres Vaters gefunden. Es sei unklar, wer es geschrieben habe, ob ihr Vater oder gar Horst. Der Herausgeber kann nicht ausschließen, dass das Ganze ein Produkt Clara Meyers selbst ist.

Gesang einer Schimpansin

Sie sagen, ich sei so menschlich,
und äffen oft mich nach.
Ich halte das für fälschlich.
Ich bin eine Frau von Fach.

Ich nämlich bin Schimpansin
(man nennt mich Delilah),
und es ist wirklich Wahnsinn
das Affen-Tralala.

Das peinliche Beharren
auf eine Nah-Verwandtschaft!
Das aufdringliche Anstarren!
Ich danke für solche Bekanntschaft.

Sie pochen auf die Gene,
die stimmten fast überein.
Mag sein, aber ich lehne
ihn ab, den Menschenverein.

Evolution heißt es ganz fachlich,
seit kurzem sei'n wir getrennt.
Was sind Millionen Jahre sachlich,
wenn man sich prima kennt?

Genetisch Onkels und Tanten?
So quasi sei'n wir die andern,
nur dass in die Steppe sie rannten,
wir aber im Dschungel wandern.

Auch seien Schimpansen so clever,
mit Werkzeug sogar sie schaffen!
Und fortschrittlich for ever:
Sie nutzen 's auch als Waffen.

Auch wenn ihr ewig weiter strebt
mit Evoluzzer-Spielerei,
von Anfang ihr zum Menschen gewebt.
Hört auf mit der äffischen Nackedei!

Mir ist es auf den Leib geschrieben:
Ich bin nun ziemlich trächtig.
Wir hatten 's äffisch kurz getrieben.
Nun wächst es in mir mächtig.

Ein Trauma wär' es mir,
würd' ich 'nen Menschen gebären.
Ich bin und bleib ein Affentier.
Bleibt ihr bei euren Affären!

P.S.: Hab' fast vergessen,
es gibt eine verwandte Seite:
Aff' und Mensch Bananen fressen,
und in der Nase bohren beide.

Böse Blicke
Kriminalroman und zwei Nachkriegsgeschichten

Ein alter Bankier stürzt acht Stockwerke in die Tiefe. Alles spricht für einen Selbstmord. Polizeihauptkommissar Julius Maiert, der vor der Pensionierung steht, hat eigentlich keine Zweifel. Aber der Selbstmord und die frivole junge Witwe werfen den sonst so soliden Hauptkommissar aus der Bahn. Es kommt zu einer Katastrophe, und die Mitarbeiter Maierts stehen vor einem Rätsel.

Neben dem Kriminalkurzroman „Böse Blicke" enthält das Buch noch zwei Nachkriegsgeschichten: „Hitlerjunge Ado Parzival Rhein" und „Die amerikanische Freundin".

Neapel leben und sterben
Prosa und Posse

Universitätsprofessor Hans Herrmann lehrt Geschichte der Philosophie in Neapel. Als er vor vielen Jahren eine Neapolitanerin zur Frau nahm, wusste er nicht, dass er in einen Camorra-Clan eingeheiratet hat. Zwar beginnt der mit den Jahren von der verhängnisvollen Verwandtschaft zu ahnen, doch will er nichsts davon wissen. Er beschäftigt sich lieben mit dem Schreiben einer Posse über das Leben der Schriftsteller Heinrich und Thomas Mann in Italien. Da erreicht das mörderische Treiben des organisierten Verbrechens seine eigene Familie. Einzigen Halt in der Katastrophe findet der Deutsche bei einem neapolitanischen Original, seinem Frisör. Der ist nicht Gelehrter der Philosophie, aber vielleicht Philosoph – und Scharlatan, wie der andere.

„Philosophieren können sie alle, sehen keiner."
(Lichtenberg)

Tödliches Tangotreiben
Die wahre Geschichte der „Freiburger Vampirmorde"

Die sogenannten Freiburger Vampirmorde im Zusammenhang mit den Dreharbeiten zum Film „Morbus Tango" hatten in Medien und in der Öffentlichkeit großes Aufsehen erregt. Noch immer sind die Gewaltverbrechen ungeklärt. Das Zusammentreffen von Filmkomödie und Echttragödie schockiert weiter.

Die Regisseurin des wegen der blutigen Vorfälle abgebrochenen Filmprojekts gibt hier das endlich von der Staatsanwaltschaft freigegebene Tagebuch des Drehbuchautors heraus. Er hatte mit seinen Tagebucheinträgen die Dreharbeiten im Freiburg begleitet. Zum besseren Verständnis ist das Originaldrehbuch im Anhang abgedruckt.

Simone Rosenow
art & grafikdesign
www.simone-rosenow.de